U0547795

红纱灯

琦君 著

广西师范大学出版社
·桂林·

红纱灯
HONG SHADENG

中文简体字版©2024年，由广西师范大学出版社集团有限公司出版。
本书由三民书局股份有限公司正式授权，同意经由凯琳版权代理，
由广西师范大学出版社集团有限公司出版中文简体字版本。
非经书面同意，不得以任何形式任意重制、转载。
著作权合同登记号桂图登字：20-2023-098 号

图书在版编目（CIP）数据

红纱灯 / 琦君著. -- 桂林：广西师范大学出版社，2024.5
 ISBN 978-7-5598-6350-8

Ⅰ．①红… Ⅱ．①琦… Ⅲ．①散文集－中国－当代 Ⅳ．①I267

中国国家版本馆 CIP 数据核字（2023）第 168513 号

广西师范大学出版社出版发行
（广西桂林市五里店路 9 号　邮政编码：541004）
（网址：http://www.bbtpress.com）
出版人：黄轩庄
全国新华书店经销
广西民族印刷包装集团有限公司印刷
（南宁市高新区高新三路 1 号　邮政编码：530007）
开本：880 mm × 1 240 mm　1/32
印张：9.375　　字数：150 千
2024 年 5 月第 1 版　2024 年 5 月第 1 次印刷
印数：0 001~6 000 册　定价：45.00 元

如发现印装质量问题，影响阅读，请与出版社发行部门联系调换。

前 言

在我的记忆中,一直悬挂着一盏古朴的红纱灯,那是外祖父亲手为我糊制的。在风雪漫天的冬夜,我的手紧紧捏在老人暖烘烘的手掌心里,一把沉甸甸的大纸伞遮着我。我们踩着粉红色的光晕,在厚厚的雪地里一步步前行。雪花飘在脸上、项颈里,却一点不觉得冷,这一段情景历历如在目前。数十年的生活经历,也似被凝缩在温馨的灯晕里。无论当年是哀伤或欢乐,如今都化作一份力量,使我感奋。我并不是一味沉浸在回忆中,不能忘情旧事,而是拂不去的旧事,给予我更多的信心与毅力。所以尽管"逝者如斯夫,不舍昼夜",我却不做"譬如朝露,去日苦多"的叹息。因为那盏红纱灯,象征着一份扎扎实实的希望，引我迈步向前。这就是我何以用"红纱灯"作书名的理由。

　　这本集子的第一部分，仍是点点滴滴的生活杂感。我十分珍惜它们，是因为年光流逝，毕竟不会再回头了。第二部分来自以前受文友文漪姐之嘱，为她主编的《妇友月刊》，在一年半中所写的二十篇短文。那是我平日读书写作之余，心灵深处的些微感受与领悟，提出来与朋友共讨论。当时曾辑为小册，颇得朋友的谬誉与青年读者的爱好。现在重加增删，改写为十五篇，作为本书的第二辑。最后一部分则是个人的读书心得，附为第三辑以就正于高明。

　　由于三民书局刘董事长的再三催促，我不得不在挥汗如雨的溽暑中，将本书整理付印，使我再有一次机会与读者诸君做心灵的晤谈，内心感到万分的欣慰，也附带在此致谢。

目 录

第一辑

贴照片………3

第一双高跟鞋………8

孩子快长大………13

母亲那个时代………18

惆怅话养猫………22

母亲的偏方………30

心中爱犬………37

髻………42

山中小住………50

赏花·做花·写花………62

孩子慢慢长………66

下雨天，真好………70

红纱灯………79

克姑妈的烦恼………93

病中致儿书………97

病中杂记………114

算　盘………122

故乡的江心寺………128

忆姑苏………132

南湖烟雨………138

西湖忆旧………141

金门行………158

第 二 辑

茶与同情………169

翡翠的心………173

哀乐中年………178

谈含蓄………183

求其放心………187

温柔敦厚………190

白　发………194

女性与词………199

游戏人间………204

无言之美………209

顺乎自然………214

爱的教育………219

心照不宣………224

诗人的心………230

春回大地………235

第三辑

灵感的培养………241

中国历代妇女与文学………247

介绍韩国作家孙素姬女士………267

《印度古今女杰传》读后………273

糜著《诗经欣赏与研究》跋………279

第一辑

贴照片

一年又在办公室与厨房之间送走了十五天，一年的二十四分之一，又一个永不能再回头的二十四分之一。昨天撕下第十六张日历时，不免有点心惊。心惊于过去一万多个日子是怎么给溜跑的。

最足以留下生活实录的是日记与照片。过去在大陆，也曾断断续续地记过日记，记一些悲欢岁月，记一些读书感想。前前后后也有了好几本。来台时因行囊简便，就万分珍惜地把它们锁在书桌抽屉里，当时总好像三五年以后就可回去重温旧梦似的。谁想来到台湾，把一段黄金时代都等闲过了，却没有写下一篇日记。年复一年，忙于生活，这支笔就愈来愈不勤快了。倒是十多年来，照片却累积了好几大盒。除在盒子上记一下年份外，里面却是颠三倒四，乱成一团。每回取出来想整理，总感到时间不够，心情也不够轻松愉快。一面又后悔，如果记日记的话，记到什么情景，就配以照片一帧以为印证，他年重读时岂不图文并茂，令人悠然神往？这么一后悔，就越加无心整理了。孩子常常打开匣子，抽出一张问我："妈妈，这是我几岁照的？""这是什么地方？"我就得一张张给他说明。他又问："我那张捧着奶瓶坐在小马桶上的照片怎么找不到啦？"于是他就乱翻起来。说来也惭愧，我连给孩子按着他的年岁单独贴一本照相册的事都没做。难道真要等他戴上了方帽子，再来贴他自己捧奶瓶的照片吗？

其实我并不是没有贴过照片，一九六一年左右，我曾贴好三大本。我最珍惜的是从大陆带来的寥寥可数的几张旧照片，使我缅怀往事，追念先人。可是那年迁住永和镇，大水把照相本全泡烂了。我小心地一张张撕下烘干，装在纸袋里，从那以后，不知为什么就一直无心再贴。最近，我又抽出最有纪念性的旧照片,仔仔细细地看。看我父亲穿着雪白夏布长衫,一手下垂,一手捏着短短的念佛珠,庄严中透着洒脱。两鬓花白的母亲,穿上她崭新的湖绉旗袍,站在盛开的牡丹花旁,一脸满足的微笑。更有我的妹妹,她那时才一岁半,头顶梳一根戳破天的小辫子,被孤零零地放在茶几上,张开两手,咧开木鱼嘴又哭又笑。如今她已绿叶成荫,这张照片该使她全家莞尔而笑。有一张是我在故乡,嵌五彩玻璃的大花厅前面,和族里几位长辈以及堂弟妹们合拍的。大概是过新年,每人都穿着新衣服。我那时顶多十岁,乡里乡气的大方格棉袍,笑得好开心。三个堂弟都一律背心长袍,一个个神气十足。站在我右边的堂妹肥头大耳,一脸的福相。父亲手臂弯里抱着过房的小弟弟。我再一数,照片上一共八个人,竟就只我一个人到今天还活着,其余七位都已作古了。这,真叫人不能不触目惊心。年高的长辈们老成凋谢原无足怪,年轻的一代竟何以如此凋零?三个堂弟一个从军战死;一个离家出走,三十年来生死不明;一个被杀。一脸福相的堂妹因婚姻不美满，自缢身亡。小弟到十岁便夭折了。看到这张照片，我每次都感到无限辛酸，又觉得自己这个在家族中几乎是硕果仅存的"宝贝"，不能不说是得天独厚。因此，我更不能不珍惜未来有限的岁月，以期无负于老天对我一番额外的照顾了。

可是说来惭愧，我这半生就从来没有定过什么计划。早年在新春开笔时，脑子里还多多少少转一下"一年之计"，但到年终总是兑不了现，反而精神上负了一笔债。于是一年年的，由忙忙碌碌而变得浑浑噩噩，更不敢定什么伟大的计划。过了中年，感慨愈多，文辞愈涩，忙完了一天的工作，就是念念古人名句，读读今人佳作。再有些许空闲，就是看看照片，以捕捉旧日的梦痕。

因此，我今年倒发了一个愿心，要把几盒照片，整理出来贴在相本上，在旁边题上几行字。莫等到老迈得记忆力都衰退了，要写也想不起当时的情景，岂不是"廿年往事已模糊，婉转思量涕泪悔当初"呢？

更有一样，我的许多朋友，都已儿婚女嫁，

从国外寄回一本本彩色照片,翻看时令人羡慕不已。我的儿子,今年十岁半,他答应我长大后当了蛙人,就给我寄赤身裸体、肌肉发达的照片回来,叫我高兴高兴。我可千万别等到那时才开始贴照片。

贴照片,该是我今年的一年之计,还有三百四十五天,这一件小小的事儿,该可以完成吧。

第一双高跟鞋

我的右脚踝已经扭伤,三年中扭伤过两次,如今每遇风雨阴晴,伤处便发生"气象台"作用,暗示我老之将至。这倒无所谓,伤心的是我再也不能常穿高跟鞋了。除非是参加隆重典礼,平时我只得脚踏实地,一双平底便鞋,才得享受健步如飞之乐。

我非常喜欢高跟鞋,觉得它可以衬托出女性袅袅婷婷的风姿,尤其是中年妇人,即使淡妆素服,穿上一双玲珑美观的高跟鞋,就显得她容光焕发,青春长驻。

八岁时,我眼看隔壁张家大小姐做新娘,衣橱抽屉里一字儿排着八双红红绿绿、金光闪闪的高跟鞋,我就盼望自己快快长大,快快当新娘,而且要穿他一辈子的高跟鞋。我悄声问母亲行不行，母亲笑着点头答应我了。

那一年，阿姨从上海回来，网篮里抖出一打以上的高跟皮鞋，排在廊前晒太阳，我偷偷把脚伸在里面，踩跷似的在廊前走来走去，阿姨看见了说："你还太小，等当了中学生，我给你买一双漂亮的高跟鞋。"于是我的梦想可以提前实现，当中学生，只要等五年就行了。

长工阿荣伯，抽着旱烟管眯起眼睛，看我穿阿姨的高跟鞋过瘾，他忽然丢下旱烟管说："来，我给你做一双。"

他真的就给我做了一双，那就是我的第一对高跟鞋。阿荣伯会编竹篓，会做地陀螺，会雕木头菩萨，谁相信他还会做高跟鞋呢！

他在谷仓前面哈着腰忙了整半天，削出一对木头后跟，和廊前晒的那些一模一样。叫我向母亲要来一块花绸，把它们包起来，底上钉上橡皮，再把它们钉在一双崭新的布底缎鞋上，叫我穿上试试。我套进去站起来，脚板心好疼，可是我不说，一来怕阿荣伯失望，二来为了穿高跟鞋疼也值得。所以忍着疼走来走去,还弯腰给他作个揖,他高兴得哈哈大笑。

我穿了走到厨房里,跷起脚给母亲看,母亲笑出眼泪来,但是她说:"快脱下来,这怎能穿,小心扭断了脚。"我只得把它收在人迹罕至的、四面镶五彩玻璃的花厅里,与小朋友们扮新娘的时候才穿。

有了高跟鞋,小朋友们都抢着当新娘,阿荣伯给我们打鼓敲锣,一双眼睛望着他的杰作——高跟鞋,格外的高兴。

我们扮了好几年新娘,去杭州时,阿荣伯把高跟鞋收在红木榻床抽屉里。他说:"去外处读书,当了中学生,有真的高跟鞋穿了,这双放在乡下做纪念。"我拉着他粗裂的手说:"阿荣伯,你也去杭州好吗?"他摇摇头,我看见他满是皱纹的脸颊上挂着泪水,但我没有哭,因为能去杭州实在太快乐了。

在杭州考取了中学,阿姨实践了她的诺言,给我买了双一寸跟圆头大口有带子的大红高跟皮鞋,可是父亲不让我穿,说:"当学生怎么可以穿高跟皮鞋?"我气得一脚把它们甩出去,一只皮鞋刚好掉在阿姨的脸盆里,溅了她一脸的水,阿姨也生气了。我哭了一天,哭个半死。忽然想起阿荣伯来,写信把气恼统统告诉了他。阿荣伯不会写信,他叫他念小学三年级的侄子给我写来几个大字:"不要哭,你回来时,我再给你钉双大的。"

我一直等到高中毕业才回家乡。我从后门进去,老屋里冷清清的,母亲孤零零地在厨房里忙晚餐。她一眼看见我脚上穿的是一双漂亮的高跟皮鞋,安慰地笑了笑说:"小春,你长大了。"她眼角的皱纹写出了她六年来的劳累。我脱下高跟皮鞋,把一双脚板平放在矮板凳上,一边吃着母亲给我做的枣泥松糕,一边和她聊天。好几次母亲提到去世的阿荣伯就拿手背擦眼泪,我却望着自己的大脚板出神,我不相信我长大得这么快,我也不相信阿荣伯会赶不及看我长大。

我跑到镶五彩玻璃的四面厅里,拉开红木榻床抽屉,那双木制高跟鞋还好好儿在里面,只是缎子颜色已旧,而且全是灰尘。我捧出它来,把灰尘掸去，伸脚一穿，却差了一大截——太小了。

第二天来了一群女友，她们都是当年穿过那双高跟鞋的"新娘子"。有的已经真的做过新娘，还抱了孩子。我们一同去阿荣伯坟上，点起香、上了供。我跪下来心中默默祝告："阿荣伯，我回来了。我已经长大，你从前给我做的高跟鞋已经穿不进去，可是你不能再给我做一双大一点的了。"

孩子快长大

我在灯下陪儿子做功课，一面看报，一面不时用手抚着额角。

"妈妈，你又头痛了，给你抹点百花油好不好？"儿子抬起头来关心地问我。

"抹百花油也没用，戴眼镜看书久了就会头疼。"

"那你就别戴嘛。"

"不戴眼镜怎么能看书呢，妈妈老了呀。"

"妈妈你别老，等我长大了，我们一起老多好。"

他十一岁了，还说这样天真的傻话。而他这一片孝心和对我的依赖，叫做母亲的听了，心里十分感动，可是看看他还这么小，又恨不得一口气把他吹大了，也免得我每天因他背着沉甸甸的书包过马路而操心。

我愣愣地望着他，他正低头振笔疾书，口中念念有词，想起为他半夜起来换尿片、冲牛奶，到今天他上了五年级，这一段长长的时日，心中似有无限辛酸，也有无限安慰。我眼睛酸酸的，字迹在眼前模糊起来，也许是用目力太久了，就放下报纸对儿子说："你好好写，我去躺一下。"我刚有点蒙眬思睡，他就喊了："妈妈你快来嘛，你一走开，我算术就做不出来了。"我真想再躺一下，可是想想他要我陪总是好的。到有一天，他不要我陪了，连我在边上都嫌碍事的时候，就该后悔在他小时候不多陪陪他了。所以就一骨碌起来，走去坐在他身边。他穿过球鞋的脚，冒着一阵阵臭气，直熏我的鼻子，我笑着喊孩子的爸爸说："你也来闻闻儿子臭脚丫子嘛。"

"我早闻过了。"他爸爸在客厅里回答，"我在整理他的《国语日报》，你看他有多乱，《三国演义》《杨家将》都夹在报纸堆里，建筑积木撒了一地。"

"得让他自己整理，养成自治的习惯。"我说。

"替他理理也蛮有意思的。到有一天，他的东西不让我们碰一下，我们就悲哀了。"

看来我们两人正是一样的心情。

儿子睡上床，总要问一声："妈妈，明天的便当带什么？"我回答他："你放心，一定让你打开来闻着香喷喷的。"是真的，为他的便当，我每天得变换花样，要吃到高中毕业呢，可千万别让他现在就对着便当皱眉头。他放学回来，我第一件事就是打开他的便当看看是不是空的，是空的我就笑了。他却说："明天饭再少一点，因为吃不下老师要喂的，怕我们吃不饱。"老师对孩子的关怀真使我们感动，可是便当里带些什么菜却愈加叫我费心思了。

早上为他挂上书包，三百六十天一句同样的话就是："刚吃饱早餐别跑，过马路要特别小心。"他早已充耳不闻地呼啸而去，然后我又跑到阳台上，看他大踏步走出巷口。他一离开我的视线，我就想起他的种种可爱处，以及自己对他严厉的责骂，心中充满忏悔。于是我和他爸爸坐下来一面吃早点，一面检讨。所有的儿童心理、教育原理等，说来都头头是道。只是见了他那副顽皮相以及读起书来冥顽不灵的样子，一切学理都丢诸九霄云外。他爸爸说："我们也不必太自责，对孩子纵使严了点也总是为他好。"可是我为什么这样牵肠挂肚地想不开，是不是因为岁数一年年大了，就变得婆婆妈妈了呢？

儿子有时会说："我在你面前你讨厌我，走开了你又想我，所以我还是多跑出去玩玩，让你想想我。"我笑着对他说："妈希望你快长大，那时天天在我面前，我也不讨厌你了。"

前儿在朋友家看她的相簿，她的一对可爱的儿女由胖团团的婴儿而小学而中学，一张张照片憨态可掬。朋友讲兄妹俩的淘气事儿：罚跪，挨打，妈妈抱着孩子一起哭、一起笑。一切情景都历历如在目前，而她的儿子已经在成功岭接受军训，女儿已经念大二了。一段辛苦的日子过去以后，她反而巴不得孩子们别长得太快，好在身边多陪陪她了。

另一位朋友给我写信说:"带孩子就是这样,长大了就离开了。你有个小淘气在眼前岂不更好?谁曾真正巴望儿子将来供养自己?真正的快乐,只是抚养他时,与他相处的一段快乐时光而已。"我非常感谢她的开导,再想想我儿子说的那句傻话:"妈妈,你不要老,等我长大了,我们一起老。"有这么一个没有时间观念的儿子,我这个"中老年人"也颇足自慰了。

母亲那个时代

"小春,妈妈的脚后跟好疼,真想躺下来霎霎才好。"

记得小时候,母亲时常这样对我说。而事实上,她别说躺下来,就连在硬邦邦的条凳上坐一会儿都难呢!母亲一双放大的粽子脚,在厨房里转来转去。二三月天,水门汀地湿漉漉地还了潮,她好几次都差点滑倒。一个燕子翻身,她连忙抱住桌角或柱子,却转过头来笑骂我:"小丫头,快出去玩,别在这儿碰来碰去的。"我就在碗橱里抓一块热腾腾的红烧肉,塞进嘴里就跑了。可是不一会儿又回来粘上她了。

她每天上午忙完十点钟长工们的点心,就得忙一家人的午饭。洗完午饭吃下来的盘碗以后就得喂猪、喂鸡鸭。四点钟,当我把她烧好的点心送到田里给长工回来时,母亲已经把晚饭的菜炒得香喷喷的了。有时,她也会在灶边坐下来喊脚后跟疼,叫我替她捏几下。我在她面前蹲下来捏不到十下,忽然想起老师点的《孟子》还没背熟,就一溜烟地跑了。母亲气起来骂:"懒丫头,等你自己做了娘,就知道脚后跟疼是什么滋味了。"

长大点进了中学,才知道有个纪念妇女运动的节日在三月八日,老师告诉我们,男女是平等的,女子也要去社会上做事,不是只钻在厨房里给丈夫做饭的。我回来告诉母亲这个好消息。她笑笑说:"女人不在厨房里做饭,一家子不都饿肚子呀?什么运动不运动,我在厨房里成天兜圈子不也是运动吗?"说得长工们都笑了。

母亲是个具备三从四德的旧式妇女,她自幼承受的母教就是勤劳、节俭和容忍。自从和我父亲结婚,她孝顺地侍奉翁姑,默默中满怀着情爱,期待丈夫的学成、为官,迎她上任所享受荣华富贵。虽然她直到花甲之年,仍未曾获得终生期待的情爱,也未曾真正享受过荣华富贵,但她默默地承受了一切。她在泪光中看着我一天天长大，看我穿上短衫青裙，踏进女子中学，毕业后又进入洋里洋气的教会大学，她一点也没有看不顺眼。她紧锁的眉峰展开了，笑靥如花，她的思想随着女儿所受的教育一天天开明、丰富起来。她曾讲过许多三贞九烈的女性传奇故事给我听，我也讲秋瑾、南丁格尔的故事给她听。谈到妇女运动时，她总是笑嘻嘻地说："男女固然要平等，但有许多男人们不会做的事，还是得女人来承当。你说'三八'是国际性的妇女节日，那么我们中国妇女，越发应当表现我们的好德性，才显得中国女子比外国女子更强呢！"

母亲所说的好德性当然指的是勤劳、节俭和容忍。我虽然觉得母亲的容忍似乎太过了点，但我却想不出理由来反驳她。因为我深深感到自己能享受完整的家庭之爱，就是由于母亲伟大的容忍。

几十年来，中国妇女的社会地位，已与男子并驾齐驱，可是想起母亲那个时代和她对我温柔敦厚的女性教育，却仍觉得是亘古长新。因为母亲的德性启示我，女性人格上的独立平等和她们所表现的潜能，使她们的成就，绝不在男子之下。因为她们除同样从事于社会工作外，还多一份相夫教子的重任呢！

"三八"节每年都来临，追思旧时代，更想想生长在新时代中的幸福女性，我们应当拿什么来纪念和庆祝这个属于我们的节日呢？

惆怅话养猫

小时候，外公告诉我说，九个小尼姑偷吃一条鱼，听到当家尼姑在喊，心一慌，鱼刺卡住了九个小尼姑的喉咙，一下子全死了，九条命合起来变成一只猫。所以猫在晒太阳时，眯起眼睛咕噜咕噜念经赎罪。我听了心里很难过。偏偏有一次不小心跌翻板凳压死了一只小花猫，因此一直感到自己害了猫咪九条命。基于一种赎罪的心情，我前后养过三只猫，但都没有得善终，说起来不能不怪我没有尽到照顾的责任。算算看，三九二十七，我害的猫命竟愈来愈多，内疚也愈来愈深了。迁居楼房以后，索性放弃养猫的念头，以免欠下更多感情的债，而自陷于万劫不复的境地。可是想起那一段养猫的历史，也真说来话长呢！

　　最初，我在垃圾堆里抱回一只饿得即将断气的丑狸猫。每天用滴管喂它牛奶，清理它全身的跳蚤。渐渐地，它茁壮起来，毛色灰白相间，四只爪子却是纯白色的。会看猫相的朋友告诉我，猫因毛色不同，有很多名称，全身白色中带一丝丝黑毛的叫雪里藏针，镶几团黑的叫雪中送炭，背上黑、肚子白的叫乌云盖雪，尾巴黑、全身白中有一圆团黑的叫鞭打绣球。像我这只四爪白的就叫踏雪寻梅。名字真雅，没想到它还上了谱呢。朋友又扳开它的嘴来看，一般的猫都只七个嵌，如上了十个嵌就是名猫了，我这只居然有八个嵌，可说不是下品。因此我就格外地钟爱它，给它取名梅咪。它与我出入相随，吃饭时一定跳到小矮凳上，等我给它拌鱼饭。

　　它性情极好，无论人在与不在，绝不偷吃，因为我喂得它太好太饱了。晚上睡在我床边一个小窝里，而天亮醒来时，它一定睡在我脚后头了。它已经变成十足的玩具猫。耗子从它面前扬长而过，它只是眯眼儿望一下，照样睡它的觉。这样一只不中用的狸猫,我却把它当个宝。它娇惯到了非当天煮的新鲜鱼饭不吃,非鲜牛奶不喝;客人坐在它经常睡的沙发上,它就在边上虎视眈眈地叫个没停。大家都骂它"丑猫多作怪",我却宠它那份解人意的聪明。我下班回家,交通车在巷口一停下,它就飞奔前来迎接我。我一把抱起它,放在肩头,一路听它念经回家。

它是只母猫,每回生小猫,都得我蹲在它身边陪它,替它揉肚子催生。它下的小猫只只都挺拔不群,左右邻居因为它的家教好,所以早都来定小猫了。有一次,它一胎下了五只。一龙二虎,三猫四鼠,五只就成了五虎大将。据说五只中一定有一只"虎王"。虎王一声吼,附近五里之内耗子绝迹。识辨虎王的方法是把五只小猫放在一个筛子里,尽力摇动筛子,不倒的那只就是虎王;或是把小猫扔向墙壁,抓得住不跌下来的就是虎王。可是我并没有去识别它们。我想五只小猫,都得由朋友选他们喜欢的抱走,剩下不要的我自己养。果然最后剩下一只最丑的,毛色像烧透的焦炭,细细瘦瘦的像是先天不足。因为它最忠厚,吃母奶挤不过兄弟姐妹，喝牛奶只会四脚踩在盘子里团团转。母猫似乎也不太疼它。它可怜兮兮的，我却决心把它留下，就给它起名焦炭。

没想焦炭竟愈长愈像样，小小的耳朵耸立（猫耳朵愈小愈好），脸盘儿圆鼓鼓的，目光炯炯有神。梅花脚肥团团、光油油的。用手抱起它来时，两只后腿和尾巴往上勾得紧紧的，绝不像一般懒猫的后脚和尾巴挂下来像几条大香肠。究竟不愧为五虎之一，"丑猫带福相"，说不定它就是虎王呢！有了它，我就升格为猫祖母，对外孙女儿的疼爱更是无微不至。常常抱着它们喁喁交谈，教它们把扔出去的纸团衔回来，母猫有点懒洋洋，小猫一跃而前地把纸团衔回放在我手心。真了不起，它可以当狗来训练呢！

我看书写稿时，它一定坐在台灯脚边，我的笔尖动得快，它的小爪子也伸过来打得快；我轻轻吼它一声，它马上伏下来乖乖的了。焦炭的颜色刚好跟台灯座一样，有一次，一个近视眼的朋友对着它赞道："啊，你这盏台灯哪儿买的？设计真别致，这只猫就跟活的一样。"说时迟，那时快，伏在台灯座上的焦炭已经一跃上了他的肩膀，他吓了一跳，才恍然大悟。于是封我的焦炭为"神猫"，焦炭也就越发高视阔步，睥睨一切起来了。

它母亲梅咪是一只很文静的母猫，身体不大强壮，时常拉稀、呕吐，我好几次送它去兽科医院治疗。有一次住院一星期回来，焦炭已不认得母亲了。二猫相对，吼了一整天，方又母女如初。可是好景不长，梅咪不久又拉稀，家人劝我不能因猫危害到自己的健康，真治不好只有把它扔掉。他言犹未已，我已泪流满面。叫我怎么狠得起这个心来？不争气的梅咪，竟把稀大便拉在枕头上，使他忍无可忍，他用匣子装了它带到汐止乡下，扔在稻田里。可是他看我那几天怏怏不乐的样子，心里又不忍，只得又陪我在夜晚九时搭车去汐止，沿公路边寻边呼唤，一声声悠长的呼唤，随着夜风飘去，它却一去杳如黄鹤，再也不见踪影了。我想它一直娇生惯养，在野地里餐风饮露，如何经得起冻馁？它又怎能想到我们彼此曾有如此深厚的感情，是我把它从垃圾堆里抱回来的，如今却因它有病而丢弃它。它一定恨我为德不卒，宁可回到垃圾堆去重过无家可归的野猫生活，再也不回头了。

　　幸得焦炭十分争气，它不出去打架，也不偷吃东西。它的善解人意，连左右邻居都对它赞不绝口。不久我们有了孩子，他爸爸生怕它的爪子会抓伤孩子的脸，坚持要把它送走。我只得狠一狠心，把它送给女工。女工请假回家那天，想把它带走，却遍寻无着。外面大雨倾盆，它不知躲到哪儿去了。女工走后不久，它才浑身湿淋淋地回来了。见了我理也不理，垂头丧气地回到窝里躺下，中饭也不要吃。它真有第六感，知道我要送走它而感到很伤心吧？不到一个月，它忽然暴毙在后院中，它就这么不明不白地死了。它虽未被我真正丢弃，而我总已动过这个念头。而且为了孩子，我也不像以前那样爱抚它。照佛家的说法，也许彼此缘分已尽，它也无所留恋了。

　　失去焦炭以后，我实在不忍心再养猫。哪知有一天，四岁的孩子从门口抱进一只胖团团的小猫，它冷得直打哆嗦，咪呜咪呜叫个不停。孩子说："咪咪找妈妈，咪咪哭了。"他的小脸蛋儿贴着白猫咪，猫咪也用小舌头舐他，两个小东西一见如故。我觉得饲养小动物可培养孩子的爱心，就又恳求他爸爸允许养它了。我们母子二人欢天喜地地给它取名为小痣，因为它嘴角有一撮黑毛。小痣是公猫，才三四个月大就飞扬跋扈起来。天天在外打架，回来时浑身烂泥浆。儿子喝牛奶时每回分给它一碟，它还老实不客气地把舌头伸到儿子碗里来。厨房里的鱼肉它也偷吃。女工讨厌死它，我却一样地宠它。有一天，它竟抓伤了我的眼睛，差点伤及瞳孔。丈夫一气之下，就把它用麻布袋一包，丢得远远的。那天晚上，全家都睡了，我却去野外找它，咪咪咪地拉着长音呼唤它，野外只有风吹草树的沙沙声，不见它的踪影。第二天一早，没想它又咪呜咪呜一路叫着回来了。我冲丈夫胜利地一笑。他叹一口气说："你这样执迷不悟，以后就是变成独眼龙我也不管了。"

  不久我们搬了家，为了免使家庭不和，我只得借此机会舍弃了它，拜托后来的房客照顾它，就依依不舍地与它分别了。搬家后的房东有一只狗,对我来说,正是移花接木,把爱猫之心付给了狗。谁知这只狗又忽然在一个寒冷的冬夜失踪了。对面正是香肉店,它的命运想来也是凶多吉少。从那以后,我发誓不再养小动物了,我支付不起这许多的感情。我相信因果循环的道理,但不知过去为三只猫所付出的感情,是否抵得过在童年时无心杀死一只小花猫所欠下的九条命呢?

母亲的偏方

愈是各色各样的特效药不胜枚举，我愈是怀念母亲的偏方。我外公是地方上人人都信赖的一位医药顾问，因此母亲也成了半个土郎中。我是母亲的独生女儿，从小多病，不说从药罐里长大的，至少也是从母亲的偏方里长大的。到今天，我还是常常拿母亲的偏方治自己的"东痛西痛"，治丈夫的福尔摩斯鼻子——敏感症，治儿子的伤风隔食。倒不是为省钱，是因为那些偏方确实百无一害，而且不像退烧针那么霸道，抗生素那么败胃，外科医生动刀动剪子那么惊心动魄。那些"药"是那么的温和、可口、香气扑鼻。我服药时心头有一份安全感，像躺在母亲的身边，接受她细心的照护。

我早上常喊嗓子疼,"疼得小舌头都掉下来了",我这样告诉母亲。她就不慌不忙地用象牙筷子蘸上精盐(那时食用的都是粗盐巴,一包精盐还是从杭州带来的,母亲把它当人参粉似的宝贝着),在我喉头两个看门的小把戏(颚扁桃腺)上各点一点,过一会儿再用盐汤漱漱口。不到下午,喉头就不疼了。

"每天早餐前喝杯盐汤,百病消除,盐汤就是参汤。"母亲说的。我家乡喊盐开水为盐汤,而母亲的盐汤又与众不同。因为她是用佛堂前供的净水煮开了冲的。她说净水有菩萨保佑,格外"坐火"(即消炎),喝了长命百岁。因此左邻右舍常来向母亲讨净水。尤其是二三月里,小孩子出麻疹的季节,母亲的净水生意兴隆,供不应求。我看母亲把供过的一盏盏浮着香灰的净水,倒在玻璃缸里,过不久香灰就沉下去了。母亲说净水越陈越灵。现在想想,也许那就是天然的抗生素吧,因为它真管事嘛!

我最容易伤风咳嗽,如没到发烧的程度,母亲是不勉强给我止咳的。"咳出了气自然会好的。

你外公说，小孩子要咳点嗽，好叫肺长大些。"母亲说。我现在一口气跑四层楼还不怎么喘大气，也许就因为小时候已经把肺活量咳大了。假如实在咳得太久，母亲就在院子里采几张新鲜枇杷叶，刷得干干净净的，熬汤给我喝，或是拿麦芽糖蒸萝卜水给我喝，我自然是爱喝甜甜的萝卜水咯！

如果我呆头呆脑地不跳不闹了，母亲用自己的额角贴在我额角上试一下，知道我发烧了。（那时没体温计，她也用不着，一贴额角就知道烧得多高。）一定是伤风加上肠胃停食，午时茶就来了。母亲的午时茶也不是药铺里的成药，她是按着外公的方子配的，炒过的茶叶、米、鸡蛋壳、焙焦的鸡肫皮、烤过的生姜块。五样名堂包在一张粗草纸里，搁在水缸边"抽"去了火气，然后用净水熬给我喝。苦苦的，也香香的，喝下去盖上被子出身汗，烧就会慢慢退去。退烧后一定是头痛，四肢酸痛。母亲再用大块的生姜在菜籽油里煎炀了，在我太阳穴和四肢关节处揉擦，擦得我好舒服啊，就睡着了。

有时我吃饱了就在冷风地里跳，回来又喊肚

子疼。母亲叫我赶紧躺下。先灌一碗热姜汤，再炒一把盐，或是买点硝粉，包了毛巾焐在我肚脐眼上，不到一个钟头就完全好了。

可是有时候我的头痛连生姜也擦不好，外公说是头风，母亲竟用嘴对着我太阳穴和额角正中用力地啜，眉心啜出一个红印，风就被啜出来了，头也不痛了。慈爱伟大的母亲啊，如今我时常犯偏头痛，想起您为我啜头风的情景，不由得泪水湿透枕边。

冬天里，母亲给我的"代茶"是橘子皮橄榄糖茶，又香又甜，通气健胃。夏天里，给我的"冷饮"是绿豆莲子心加冰糖，清凉解毒。三伏天，每天下午一定要喝一杯鲜荷叶泡的水，去暑气的。我野得满头满身的痱子，她就用苦瓜熬水给我洗澡，然后抹上绿叶散加冰片，好凉爽啊！

有一年，我腿上长了个大疮，又痛又痒。母亲用茶卤给我洗，再撒上松花粉，可是不管事，疮口愈烂愈大了。母亲生怕她的宝贝女儿破了相，忽然想起外公不轻易使用的"特效药"，在墙角落里挖来白色的蜘蛛窝，用红糖捏捏，贴在疮上，居然几天就好了。如果现在的外科医师拿它来化验一下，里面准是土霉素呢。

又有一次，顽皮的五叔被蜈蚣咬了一口，膀子肿得跟冬瓜似的。母亲叫阿荣伯捉来一只大蜘蛛，搁在他创口上，让它吮吸蜈蚣的毒液。这是急救治，蜈蚣和蜘蛛是犯冲的。吸过以后，创口就不太痛，再敷上麻油调和的不知什么药就好了。母亲叫五叔赶紧把蜘蛛放在一个盛水的小碟子里，让它慢慢吐出毒液，蜘蛛才不会死。母亲说："它救了你，你不能让它中毒死去，这是知恩报恩。"母亲就是这般慈悲为怀的一个人。

母亲是如此一位全科医生，可是父亲从北平回来后，对她的土法治疗大为摇头。他认为我时常伤风咳嗽是由于颚扁桃腺作祟，坚持要割除。母亲一听说要动刀就心疼得流泪。父亲没法，就来利诱我："小春，我带你去城里割颚扁桃腺，城里多好玩，我买一个会哭、会翻大眼睛、会吃奶、会撒尿的洋囡囡给你。还让老师放你一个月假，整整一个月，你不用背《孟子》，不用习大小字，你去不去？"

"我去，我去！"我乐得直拍手，"爸爸，我们明天就去！"

我们坐父亲自己开的小汽艇，乘风破浪地进城，好开心。可是一进医院，看见到处都是白，闻到四处都是消毒药水味，我就吓得要回家。我宁愿不要会吃奶撒尿的洋囡囡，我宁愿由母亲用象牙筷伸到我喉咙里点盐巴，我不要开刀。可是离开母亲，父亲就凶了。像杀猪似的，我被绑在椅子上，剪下了两颗颚扁桃腺。那个拿亮晃晃剪子的医生伯伯，我直到二十岁见了他还打哆嗦，因为他实在剪得我太疼了。不知道他为何不多抹点麻醉药。现在我左边的颚扁桃腺处仍常闹敏感，难道它又长出来了？

偏方的时代是过去了，医学昌明的今日，当然不会有人拿陈年蜘蛛网当土霉素消炎。但是，用生姜擦四肢祛风邪，在我的体验里，比服"强力伤风克"舒服得多，用热盐或硝粉焐肚子助消化也颇为见效。尤其是盐水漱口消炎，仍为外科大夫所采用。不信的话，你去公保或医务室看嗓子疼，请大夫开点漱口水，他们常会摇一下笔尖又停下来说:"冲杯盐水漱漱口吧。"

盐是最消毒的,而且没有那股子"臭药水"的味道。

心中爱犬

我并没有真正养过狗,却先后丢失两只狗。这话怎么讲呢?原来是,第一只狗是房东的,在一个冬天的晚上,房东送我到汽车站,不小心把它关在大门外,就此不见了。我担心它一定是进了香肉锅,为它难过了好多天。不久朋友送来他邻居的狗,托我代养。对我来说,也是慰情聊胜于无。偏偏它又特别顽皮捣蛋,外子非常地讨厌它,就悄悄地把它送回去了,又使我嗒然若丧了好几天。

一个对小动物没有兴趣的人,是无法体会爱小动物的心情的。我爱猫、爱狗,甚至对过街的老鼠都不讨厌。猫养过三只,都不得善终,搬公寓以后,便断了养猫的念头。至于狗呢?我是无论如何都想养的。我把养狗列为退休后的重要项目之一。

我的好几家邻居都有狗。有的甚至一家大小数口，人各一只。清晨，傍晚，祖孙三代，牵着在巷子里遛，阵容非常浩大，叫我这没狗的好不羡慕。它们中有的是高视阔步、气宇轩昂的狼狗，主人特地为它请一位"驯狗师"，教它跳、坐、握手、咬人等动作，每月敬师五百元。训练完毕，大门口就得挂起"内有恶犬"的牌子，拒人于千里之外。另有一种是面目狰狞却心地良善的拳师狗，你可以跟它打招呼，它倒不盛气凌人。更有一种是四肢短短、鼻子扁扁、专供玩乐的北京狗，听说它身价万元，饮食定时定量；时常伤风打喷嚏，得给它打针进补，天气稍冷就打哆嗦。这几种狗，看来也只有富贵闲人才养得起。只有一只名叫"哈利"的可怜巴巴的丑小狗，它有家等于无家。因为主人并不爱它，每天一大早就把它关在大门外，它在巷子里惶惶然踯躅着。鼻子上面永远有一块红斑，是它想回家在门槛下空隙处碰的伤。比起那几只有主人陪着一起散步的狗，它可说命运很不好。过去巷子转角有一个鞋匠，时常拿冷菜剩饭喂它，还替它洗澡；它就把鞋匠当作第二主人，每天在他脚边相依相守，一脸的忠厚相。我走过它身边，拍拍它，它亲热地摇摇尾巴。晚上鞋匠收摊了，它只得回到自己的家门前，主人才放它进去，因为要它看门。我有时招手叫它过来，它走到我门口，犹疑一下，还是掉头回去了。那个家再怎么缺少温暖，究竟是它自己的家，狗是不会见异思迁的。最近鞋匠搬走了，哈利失去了它的朋友，天天坐在家门口，垂头丧气的样子。狗若能言，或我能通狗语，它一定会向我倾诉满心的委屈吧。我不懂，不喜欢狗的人为何养着狗？养了狗又要虐待它，这种心理是否和虐待童养媳是一样的？记得几年前在报上看到一篇文章，作者说她因朋友送她一只名犬，乃将一只无法治愈的癞皮狗弃之门外，任它悲鸣多日而后失踪。我满心以为她为了忏悔而写此文，没想到结尾处是非常得意于她自己的理智的抉择。我读后几乎为那只命运悲惨的癞皮狗掉眼泪。因此在街上看到癞皮狗都格外同情。

有一次，我在车亭等车，忽然来了一只瘦瘦小小的狗。我看它鼻子黑黑、眼睛亮亮的好可爱，就蹲下去逗它玩，它友善地坐下来陪我。车子来了，我舍不得上，一连过了三辆车，我不得不上了，狗也表示要上车的样子。乘客们还以为是我的狗呢。外子说我前生一定是狗，所以今生仍带狗性，此话我听了最中意。我倒不想有"慧根""佛缘"之类的美称。有狗性、有第六感，能与狗建立最好的友谊，我就很引以为豪了。还有半年，我就可以无"职"一身轻了，到那时，第一件事就是养一只善解人意的狗。我不要什么拳师狗、北京狗等名种，只要一只平平常常的土狗就行了。我幼年时的伴侣小花、小黄都是土狗，却都非常聪明、忠心。我也不要给它取什么"拉克""弗兰克"等洋名字，我要叫它"弟弟"或"妹妹"，视性别而定。我和我的孩子都要全心地教养它，使它获得不爱狗的外子的欢心，使外子相信狗会给他带来许多梦想不到的乐趣。比如你看报或工作时，它会静静地待在你身边。下班回来，一到家，它会给你衔拖鞋。至于握手、起立、坐下等基本动作，都用不着花五百元请老师教，因为我有把握教得会。我曾教会一只土猫衔纸团到我手心来，狗是更不必说了。

人是免不了有不快乐的时候，也有寂寞的时候的。在你最最不快乐，或真正感到寂寞的时候，只有狗才是你最最好的伴侣。你不用跟它说一句话，彼此默默相对，它忠实的眼神望着你，就能为你分担忧愁。

狗，多可爱的小动物，我多么希望有这么一个寸步不离的好朋友。可是现在我还不知道它在哪儿。也许它还未来到人世，也许它已经出生了。有时我走过狗店，看看笼子里挤在一堆的小狗，我向它们招呼，每只小狗都来闻我的手指尖，呜呜呜地叫着，仿佛在说"收养我吧"。因为目前的环境难以兼顾，只得按捺下爱犬之心，等待那一天，佛家所说的"缘分"来到。到那一天，一定会有一只矮矮胖胖的乖小狗，摇摇晃晃地闯进我的生活的。

髻

母亲年轻的时候,一把青丝梳一条又粗又长的辫子,白天盘成一个螺丝似的尖髻儿,高高地翘起在后脑,晚上就放下来挂在背后。我睡觉时挨着母亲的肩膀,手指头绕着她的长发梢玩儿,双妹牌生发油的香气混合油垢味直熏我的鼻子。有点儿难闻,却有一份母亲陪伴着我的安全感,我就呼呼地睡着了。

每年的七月初七,母亲才痛痛快快地洗一次头。乡下人的规矩,平常日子可不能洗头。如洗了头,脏水流到阴间,阎王要把它储存起来,等你死以后去喝,只有七月初七洗的头,脏水才流向东海去。所以一到七月初七,家家户户的女人都要有一大半天披头散发。有的女人披着头发美得跟葡萄仙子一样，有的却像丑八怪。比如我的五叔婆吧，她既矮小又干瘪，头发掉了一大半，却用墨炭画出一个四四方方的额角，又把树皮似的头顶全抹黑了。洗过头以后，墨炭全没有了，亮着半个光秃秃的头顶，只剩后脑勺一小撮头发，飘在背上，在厨房里摇来晃去帮我母亲做饭，我连看都不敢冲她看一眼。可是母亲乌油油的柔发却像一匹缎子似的垂在肩头，微风吹来，一根根短发不时拂着她白嫩的面颊。她眯起眼睛，用手背拢一下，一会儿又飘过来了。她是近视眼，眯缝眼儿的时候格外俏丽。我心里在想，如果爸爸在家，看见妈妈这一头乌亮的好发，一定会上街买一对亮晶晶的水钻发夹给她，要她戴上。妈妈一定是戴了一会儿就不好意思地摘下来。那么这一对水钻夹子，不久就会变成我扮新娘的"头面"了。

父亲不久回来了，没有买水钻发夹，却带回一位姨娘。她的皮肤好细好白，一头如云的柔发比母亲的还要乌，还要亮。两鬓像蝉翼似的遮住一半耳朵，梳向后面，挽一个大大的横爱司髻，像一只大蝙蝠扑盖着她后半个头。她送母亲一对翡翠耳环。母亲却把它收在抽屉里从来不戴，也不让我玩，我想大概是她舍不得戴吧。

我们全家搬到杭州以后，母亲不必忙厨房，而且许多时候，父亲要她出来招呼客人，她那尖尖的螺丝髻儿实在不像样，所以父亲一定要她改梳一个式样。母亲就请她的朋友张伯母给她梳了个鲍鱼头。在当时，鲍鱼头是老太太梳的，母亲才过三十岁，却要打扮成老太太，姨娘看了只是抿嘴儿笑，父亲就直皱眉头。我悄悄地问她："妈，你为什么不也梳个横爱司髻，戴上姨娘送你的翡翠耳环呢？"母亲沉着脸说："你妈是乡下人，哪儿配梳那种摩登的头，戴那讲究的耳环呢？"

姨娘洗头从不拣七月初七。一个月里都洗好多次头。洗完后，一个小丫头在旁边用一把粉红色大羽毛扇轻轻地扇着，轻柔的发丝飘散开来，飘得人起一股软绵绵的感觉。父亲坐在紫檀木榻床上，端着水烟筒噗噗地抽着，不时偏过头来看她，眼神里全是笑。姨娘抹上三花牌发油，香风四溢,然后坐正身子,对着镜子盘上一个油光闪亮的爱司髻,我站在边上都看呆了。姨娘递给我一瓶三花牌发油,叫我拿给母亲,母亲却把它高高搁在橱背上,说:"这种新式的头油,我闻了就反胃。"

母亲不能常常麻烦张伯母,自己梳出来的鲍鱼头紧绷绷的,跟原先的螺丝髻相差有限,别说父亲,连我看了都不顺眼。那时姨娘已请了个包梳头刘嫂。刘嫂头上插一根大红簪子,一双大脚丫子,托着个又矮又胖的身体,走起路来气喘呼呼的。她每天早上十点钟来,给姨娘梳各式各样的头,什么凤凰髻、羽扇髻、同心髻、燕尾髻,常常换样子,衬托着姨娘细洁的肌肤,袅袅婷婷的水蛇腰儿,越发引得父亲笑眯了眼。刘嫂劝母亲说:"大太太,你也梳个时髦点的式样嘛。"母亲摇摇头,响也不响,她噘起厚嘴唇走了。母亲不久也由张伯母介绍了一个包梳头陈嫂。她年纪比刘嫂大,一张黄黄的大扁脸,嘴里两颗闪亮的金牙老露在外面,一看就是个爱说话的女人。她一边梳一边叽里呱啦地从赵老太爷的大少奶奶,说到李参谋长的三姨太，母亲像个闷葫芦似的一句也不搭腔，我却听得津津有味。有时刘嫂与陈嫂一起来了，母亲和姨娘就在廊前背对着背同时梳头。只听姨娘和刘嫂有说有笑，这边母亲只是闭目养神。陈嫂越梳越没劲儿，不久就辞工不来了。我还清清楚楚地听见她对刘嫂说："这么老古董的乡下太太，请什么包梳头呢？"我都气哭了，可是不敢告诉母亲。

从那以后，我就垫着矮凳替母亲梳头，梳那最简单的鲍鱼头。我踮起脚尖，从镜子里望着母亲。她的脸容已不像在乡下厨房里忙来忙去时那么丰润亮丽了，她的眼睛停在镜子里，望着自己出神，不再是眯缝眼儿地笑了。我手中捏着母亲的头发，一绺绺地梳理，可是我已懂得，一把小小黄杨木梳，再也理不清母亲心中的愁绪。因为在走廊的那一边，不时飘来父亲和姨娘琅琅的笑语声。

我长大出外读书以后，寒暑假回家，偶尔给母亲梳头，头发捏在手心，总觉得愈来愈少。想起幼年时，每年七月初七看母亲乌亮的柔发飘在两肩，她脸上快乐的神情，心里不禁一阵阵酸楚。母亲见我回来，愁苦的脸上却不时展开笑容。无论如何，母女相依的时光总是最最幸福的。

在上海求学时，母亲来信说她患了风湿病，手臂抬不起来，连最简单的螺丝髻儿都盘不成样，只好把稀稀疏疏的几根短发剪去了。我捧着信，坐在宿舍窗口凄淡的月光里，寂寞地掉着眼泪。深秋的夜风吹来，我有点冷，披上母亲为我织的软软的毛衣，浑身又暖和起来。可是母亲老了，我却不能随侍在她身边，她剪去了稀疏的短发，又何尝剪去满怀的悲绪呢！

不久，姨娘因事来上海，带来母亲的照片。三年不见，母亲已白发如银。我呆呆地凝视着照片，满腔心事，却无法向眼前的姨娘倾诉。她似乎很体谅我的思母之情，絮絮叨叨地和我谈着母亲的近况。说母亲心脏不太好，又有风湿病，所以体力已不大如前。我低头默默地听着，想想她就是使我母亲一生郁郁不乐的人，可是我已经一点都不恨她了。因为自从父亲去世以后，母亲和姨娘反而成了患难相依的伴侣，母亲也早已不恨她了。我再仔细看看她，她穿着灰布棉袍，鬓边戴着一朵白花，颈后垂着的再不是当年多彩多姿的凤凰髻或同心髻，而是一条简简单单的香蕉卷。她脸上脂粉不施，显得十分哀戚，我对她不禁起了无限怜悯。因为她不像我母亲是个自甘淡泊的女性，她随着我父亲享受了近二十年的富贵荣华，一朝失去了依傍，她的空虚落寞之感，更甚于我母亲吧。

来台湾以后，姨娘已成了我唯一的亲人，我们住在一起有好几年。在日式房屋的长廊里，我看她坐在玻璃窗边梳头。她不时用拳头捶着肩膀说："手酸得很，真是老了。"老了，她也老了。当年如云的青丝，如今也渐渐落去，只剩了一小把，且已夹有丝丝白发。想起在杭州时，她和母亲背对着背梳头，彼此不交一语的仇视日子，转眼都成过去。人世间，什么是爱，什么是恨呢？母亲已去世多年，垂垂老去的姨娘，亦终归走向同一个渺茫不可知的方向，她现在的光阴，比谁都寂寞啊。

我怔怔地望着她，想起她美丽的横爱司髻，

我说:"让我来替你梳个新的式样吧。"她愀然一笑说:"我还要那样时髦干什么?那是你们年轻人的事了。"

我能长久年轻吗?她说这话,一转眼又是十多年了,我也早已不年轻了。对于人世的爱、憎、贪、痴,已木然无动于衷。母亲去我日远,姨娘的骨灰也已寄存在寂寞的寺院中。这个世界,究竟有什么是永久的,又有什么是值得认真的呢?

山中小住

台大溪头实验林区

　　早听说台湾大学在南投县竹山镇经营的实验林,风景幽美,气候阴凉,是一个避暑胜地。我们一直心向往之。最近才由何凡先生和那边的办事处联络好,利用一个周末,前往一游。我们原定是四对八位,但到成行时却只剩下何凡夫妇和我们共四个人。可见想偷得浮生半日闲,也真不是件容易的事。

　　我们抖落一身都市的尘灰,一跨上有冷气的观光号,心理上就凉爽多了。在台中下了车,吃过中饭,就由办事处派来一辆旅行车接我们上山。(台中至竹山有公路班车可搭,自竹山至鹿谷乡的溪头林区每天有十一班车，票价每人七元，非常方便。因此每逢周末，游人甚多。）溪头林区海拔一千二百米，车子沿着山道蜿蜒而上，两旁都是矗立的树木，有杉木、杨木、相思木，也有浓密的竹林，车子在苍翠的幽径中驰行，太阳被遮没了，山风习习，愈高愈凉。来接我们的一位蔡先生指着一处被云雾遮住的山头说："那就是林区招待所，你们今晚就住在那儿。"我仰望飘浮的云脚下蓊郁的树林，感到说不出的轻松愉快。记得十多年前曾游过一次太平山，在山中住过三夜，可是那是冬天，山上气候严寒。现在是暑气未消的仲夏，在台北挥汗如雨，能来此地乞得片刻清凉都是好的，何况还可以舒舒服服地住一晚呢。

　　林区招待所的小木屋，首先吸引了我。它真像西部片里的 cottage（小屋），前面伸出一排小小的平台，围着木栏杆。在杉树林中显得格外玲珑可爱。我们被招待坐在木屋舒适的会客室里，这是招待贵宾的小屋。沙发、地毯、席梦思床、吊灯，一应俱全。小小的房子，还分上下两层，我们能住此处，完全是何凡先生事前联络之功。

冻顶青茶

然后，一杯清香扑鼻的乌龙茶捧在手里，话题就引起来了。

主人介绍乌龙茶是台湾的名茶，而鹿谷乡冻顶的乌龙茶才是真正的名贵。因为冻顶顾名思义就是山顶上最寒冷之处。那儿常年被浓雾笼罩着，隆冬与早春还有霜雪。茶叶是愈冷愈潮湿就愈嫩愈香。一年四季中，春茶最名贵，而早春清明前采的或谷雨前采摘的"明前""雨前"茶尤为清香隽永。我是个不懂品茗的俗客，但这次也闻到乌龙的清香，一饮而尽了。这使我想起故乡杭州的龙井茶和虎跑泉。游客们跑完一段山路之后，坐在浓荫覆盖的石阶上，端起一杯香茗，慢慢品尝，其乐可知。我家书斋前有一株蜡梅，每逢隆冬降雪，雪花沉甸甸地压着蜡梅花枝，父亲就撮下花心中的积雪，在炭火上煨开了，在宜兴陶壶中冲上雨前茶，在暖烘烘的屋子里品茗吟诗赏雪，这些情景犹在眼前。

福利餐厅

副主任江先生带我们参观了各处,一幢单独的楼房是前来实习的学生居住的。每人每天十二元,简便舒适。另又新盖了一座新式的福利餐厅,楼上客房,楼下厅室。客房有设备完美的套间,每间二百七十元,半套间、单人间、合住间等,价钱递减。餐厅下还有地下层,将做阅报或艺游室,正在装修中。这是因为来林区的游客逐渐增加,林区是一个学术研究机构,无暇应接,所以另建一餐厅与由林区接待的宾客分开。所以游客们只要有兴致上山游玩参观,与林区没有关系、不能住十二元一天的招待所的,都可以住在福利餐厅的楼上。二百余元一晚的住宿费,包括山中的天然冷气与幽美的风景,比起大都市的观光饭店来,还是合算的。如果能抓住灵感,写上万把字的稿子,也就等于免费游山探胜一趟了。

福利餐厅的地板家具,都是他们自己工厂用

相思木制的，相思木质地较松，容易变形，故不能利用在建筑上，现在他们将相思木加工，干燥，使其质地坚硬，可以利用。但加工成本太高，所以试验虽已成功，而未能推广。

我们的口福不浅，那晚上正逢福利餐厅新包的厨子试菜。我们乃以贵宾身份被邀品评，于是我们开怀畅酌，每道菜色香味俱佳。加上新碗碟，新台布，一片欣欣向荣的新气象。难怪海音吃完以后，回到小木屋里就说："我已经饿了，怎么就像老吃不饱的样子？"我想一定是这儿的空气清新，心情愉快，因此胃口大开，饿得特别快吧。

山中的夜

傍晚的山中，凉意袭人，天然的凉绝非冷气所可比拟，我真想一捧满怀的"清凉"回家，驱走台北的残暑，让我好好地读书工作。但那是不可能的，就只好站在阳台上深深地呼吸，哪怕是树林中晚上吐出的碳酸气，也比市区的煤烟好得多。

山中的夜静得给人一种空洞的感觉。高树的晚蝉，已停止了歌唱。唧唧的虫声，懒洋洋地此起彼落。苍空好似缩得很小，只笼罩着我们这幢小屋，星星就挂在杉树和相思木的梢头，空气中透着一股凉森森的潮湿。纱窗外郁沉沉一片，屋子里灯光明亮。我身子陷在软绵绵的沙发中，享受着这份静谧与安宁。台北寓所四面八方的噪声已离我很远很远了。我们现在是在另一个天地里，我但愿时间会为我们停顿，这美好的一夜，永不要过去。回头看纱窗外，竟密密地停满了飞蛾。山中的飞蛾，不甘寂寞，不扑向林中明月，却只想闯进繁华世界。我们却躲到此地来享受片刻宁静，把屋子里亮起灯来，捉弄飞蛾。夜毕竟是短暂的，因蚊子的困扰，我未能熟睡，朦胧中星星隐没了，红日冉冉上升。我起身走到阳台上，清新而微带潮湿的空气扑面而来，我依在木栏杆上，痴痴地凝望着满山苍翠，只是想不出方法，如何留住梦一般的良辰美景。

森林中

大清早,由林区主任陈先生亲自开车陪我们参观,车子缓缓开行在不大平坦的林道上,他一边开车,一边指点着远近左右的林木,告诉我们分辨杉木、桧木、柳杉、榉木、相思木。而这些高耸云霄的树木都是三十年以上的人造林,远远望去,却像一片碧绿的草坪。略近些看出一排排、一批批,整齐得像用梳子梳过似的。它们要接收阳光,所以一味地向上伸展。树干笔直,树顶枝叶繁茂,有的被松鼠啃了一圈树皮,营养不能输送,枝叶就枯黄了。所以松鼠对于森林来说是有害的。林区曾鼓励山区居民捕松鼠,捕得松鼠,献一根尾巴付以代价若干,因此森林中的松鼠,也惨遭厄运,不能自由自在地在林间跳跃嬉戏。人类拿实利的眼光把大自然的一切,都分成利与不利,凡不利于我的,都将加以扑灭,这固然也是相生相克的自然律,但在一个爱动物爱自然的人眼中,就觉得太残忍了。

孟宗竹也是溪头特产之一,相传是三国时孝

子孟宗因母亲嗜笋，但冬天没有笋，孟宗守着竹子哭泣，至诚所感，泥土中忽然爆出笋来。所以这种竹子一年有两次出笋，春季的笋只长竹子，不能吃，冬季的只供吃不能长成竹子。孟宗的故事，见于"二十四孝"，若是因有此竹而编这个美好的伦理故事，提倡孝道的先贤们，真是善体人意的心理学家。

神　木

给我印象最深刻的就是那株二千八百年的神木，那是一株红桧木。直径约五米，老干伸张，有一处丫杈里还长出一株寄生木来，那是山顶树木的种子飘来，在大树缝中承受了营养而逐渐长大的。看去就像是一位老态龙钟的老祖母，搂抱着一个舞手舞脚的孙儿，迎风展开慈爱的笑容。老树皮就像她满脸的皱纹。树木无知，亦能上体造物的深意，平分雨露，人类又当如何扩充老老幼幼的爱心呢？

树干的当中自根至顶都是空的，真可说得

是大君子虚怀若谷。走进树穴中，可以举首直望苍穹，煞是有趣。我用手触摸坚硬的树干，看去就像没有丝毫生机。可是它是活的，它似断还连的树皮，自地下输送营养到树顶。而树顶的新枝，接受雨露阳光，输送营养给树干。它老成稳健地兀立着，不为风雷所惊，不为寒暑所摧。二千八百年间，人类由草昧未开而进入太空时代。多少离乱兴衰，多少沧桑变故，而树却是默默地冷眼旁观，喜怒不形于色。算算我们数十年寒暑，比起二千八百年来是多么渺小。但二千八百年比起宇宙的无始无终，却又是一瞬之间。一时间我觉得时间停顿不进行了，李太白对月亮而叹"今人不见古时月，今月曾经照古人"，我对着这株神木，心灵亦不由得穿越了时空的界限，数千年有如一日了。

苗　圃

与神木成强烈对比的是苗圃。那一排排人工栽植的各种树木的幼苗，细嫩得像小拇指似的，它们是由种子从泥土中爆出，生长，茁壮。等长得半人高时，就可分植在已被砍伐的林地，至少三十年后，它们将又成茂密的森林。古语说"十年树木，百年树人"，其实培植坚固成材的树木又岂止十年。现在造林的青年，三十年后都已五六十岁，砍伐的工作就得由下一代来承当，这才叫"前人种树，后人乘凉"。如果一切只顾目前，人类还有什么成功可说呢！

我看着那细嫩的幼苗，迎着阳光，临风摇曳，它们都是未来的有用之材。如果有一株被移植在无人之处，二千多年后，又是一株神木。苍劲的神木，怎能想象它也是由幼苗长成的呢？

大学池

最后我们去游了大学池，这是由台大来山中实习的学生，别出心裁建造的风景区。这儿有一个椭圆形池塘，池中碧水溶溶。池上搭了座高高的竹桥，跨越两边，一边是一片大草坪，原是游人席地休息或学生露营的好处所。但因一开放便是果皮纸片满地，林区工人来此打扫，就感到非常头痛。听海音说美国任何游览区，游人绝不把果皮等随便扔在地上。有一次，她与一位美国朋友游一处幽静的林间，她听那朋友说树上的松鼠吃香蕉，她就把香蕉皮扔出去给松鼠吃，可是那朋友却费了好半天把香蕉皮找回来，扔入篮中。她说松鼠不吃香蕉皮，皮绝不可乱丢。她们的公德心与自重精神真是可佩。看看我们阳明山的樱花季节，草坪上"琳琅满目"的景象，又当作何感想？

临去依依

临去前，我最恋恋不舍的是另一幢小小的楼房。那里面楼下是餐室，有简单的厨房用具。楼上是一间由阳台伸展出来的小卧室。两张单人席梦思床，一橱一椅一桌，可供小家庭度假，可供有雅兴的单身来此写作。坐在临窗的小桌前，对着青山绿树，蝉语虫鸣，灵感必将如泉源活水，涓涓而至。可是我们没有福分享受，一来是这里的住宿价钱不便宜，二来是每日逐着滚滚车尘的公务员，无此闲情逸致。于是我们在此拍了几张照，将这幢玲珑的小屋，带在梦中，慢慢地消受吧。

赏花·做花·写花

我很少买鲜花，因为鲜花养不到几天就落红满"桌"，花谢以后，瓶口空空的，显得更冷落。可是插着塑料花、羽毛花等，看去虽琳琅满目，却总嫌缺少生机。有一位朋友取笑我的屋子太没有"文化"，琴桌上的香炉是仿古假铜器，壁上的名人山水是复制品。疏影横斜的梅花是摄影，只有阳台上两盆花和一株长青的龙柏，给蜂房似的公寓抹上一丝绿意。于是我去沉樱姐家，想向她讨一枝容易移植的花木，点缀一下书房。到了巷口，抬头一望，阳台上冉冉的绿云在飘动，落地纱门敞开着。想见主人此刻的闲情逸致。

"你来得正好，看我做花！"原来她在剪着彩色缤纷的绉纸做花呢！

她把绉纸折叠几层,用剪子一剪,打开来转一下,套上现成的梗子,用手捏一把,就成了一朵不知什么名儿的花。叫它康乃馨、郁金香、杜鹃,都可以,都有点像也都不像。沉樱姐说:"就这点不像才好。现代花讲究色彩的调配,给人一种新的感觉,不宜太像,太像了就匠气。你看多美!我要做好多好多送朋友们。"

"你可以名之为一剪花或一捏花,因为太简单了。"我笑着说。

窗明几净中,一边赏花,一边做花,真是消暑的好办法。最令人羡慕的是她桌上还摆着稿子,正在一边构思,为儿童读物写"花"。一篇"梅花"已经写好了,写的是宋朝隐士林和靖的故事。她计划写十多篇,梅花、兰花、菊花、莲花……每一种花都有一位中国的古人爱它,都有许多美妙的诗篇赞赏它。更有许多花包含动人的故事,像杜鹃花,桃花,紫薇花……她写着,做着,做着,写着,笔尖将随着剪子,同时绽开灿烂的花朵。

我带回几朵,插在花瓶里。我是个不懂得插

花艺术的人。平时欣赏插花，什么"流"在我看来都是别出心裁，各有韵致。我认为任何事物都有调和的美，也有凌乱的美，有自然的美，也有人工的美。有乱真的可贵，也有丝毫不像的可爱。比如儿童的画，汽车、洋房、耕牛、爸爸妈妈，全不像，全凭直觉，可是透着一派童稚的天真，这就是美。沉樱姐的"一剪花"，我以为就像齐白石的画，三笔两笔，自是传神。可贵的是她有这份悠闲情趣。借着简朴的花朵，她更把这份悠闲与朋友共享。这比古人的"愿车马、衣轻裘与朋友共"，情调更高雅。

真花有凋谢的时候，诗人慨叹"一片花飞减却春，风飘万点正愁人"，词人痴痴地站在庭院中，吟着"泪眼问花花不语，乱红飞过秋千去"。纸花不凋谢，不会平添你的伤感。旧了可以再一剪，又是万紫千红，焕然一新。

工业时代，"用过即丢弃"的纸制日用品日益发达，从餐具到衣服都是纸做的。一样东西，用了把它丢弃，要比不小心弄坏或遗失了心里舒服得多。一朵纸花，主动地把它扔去，心里也没有"无可奈何花落去"那么难过。何况一切东西，如以纯艺术的眼光去欣赏，不执着世俗"真与假"的评价，都有它自己的美点，又有什么真假之分呢！

孩子慢慢长

"妈，请你帮我把床铺弄一下好不好？"每天临睡时，孩子都要这样央求我。我说："你这么大了，还要我帮你？"他说："我是故意给你机会，让你享受享受母爱的温暖，温暖的母爱啊！"

让我享受母爱的温暖，不知他从哪儿学来的这一套。凡是想偷懒，他总有理由，哄得你心甘情愿为他做事。朋友们说过，你别怨孩子小，小时候才是你的儿子，长大了就不是了。他今年十二岁半，已经快不是我的儿子了。天气变化，要他加衣服、带雨伞，从来不听，宁愿淋成个落汤鸡回来。成绩不好，你一说他，他就把门一关，不听你这一套。有时真被他气得掉眼泪，想想自己小时候，把母亲气得掉眼泪的情形，才知道这是现世报。

　　回想他小时候，那么胖团团的，一见我就张开手要我抱，搂得我好紧好紧，只怕我丢下他走了。可是我是个公务员，不得不上班，不得不把他交给用人。稍大一点，我就把他寄在托儿所，去接他的时候，是我一天里最最快乐的时光。他一见我，又哭又笑，叫一声妈妈，包含了无限的委屈和盼望。我内心也正有无限的歉疚，却无法向他表白。他哪里知道大人必须忙大人认为更重要的事，而把最疼爱的儿子扔在一边呢！现在，他总还是个孩子，许多地方仍得依赖我，跌破了皮，一定喊妈妈帮他擦红药水；饿了，一定是向我讨吃的；走进厨房，总是说："啊，菜好香啊！"最使我感到厌烦的，是我一换衣服他就问："妈妈你要出去啦？上哪儿？看电影？"我常常拉长脸说："我上哪儿要你管？"话一说出了就后悔，他注意你的行动，就表示他还把你这位妈妈放在心上，他需要你，依赖你，再长大一点的时候，你上哪儿，他才不管呢！

可是看看许多朋友的子女，都在国外生子，寄来整沓彩色照片，叫人看了真是羡慕，像我这个年龄，在我们老家，早都是"祖婆、外婆"了。而我的独生子，今年暑假才小学毕业，离大学毕业，"出国深造"，还差十万八千里，而我已视茫茫发苍苍了，去日苦多，令人心里着急。

话又说回来，有个儿子在眼前捣捣蛋，一来可以减少寂寞，二来也可以骗骗自己——孩子还小，我也还年轻。天下事难得有圆满的，我既不望子成龙，只要他每年考个不上不下的名次，顺利升级，时常念几篇他自认为"得意杰作"给我听听，我也就心满意足了。

有一次，我有一支口红，用起来却嫌它太红了，他在旁边看着说："妈，留起来，将来给你的儿媳妇用吧！"哈，他已经打算得那么远。那么，他究竟是长大了没有呢？他如果再大五岁，就不会说这话了。那么他到底还小，还是我亲亲热热的儿子。

我写过一篇文章，题目是《孩子快长大》，可见我心里未始不希望他快长大。可是为了我们只有一个儿子,为了怕他长大了不再喊妈喊得那么亲热,为了怕他有困难不再需要我们,而使我感到空虚,我宁愿他慢点长大,宁愿他傻里傻气地多傻几年。让我享受温暖的母爱,母爱的温暖。所以我在心里轻声地说:孩子,你慢慢长。

天下有像我这样古怪的母亲吗?

下雨天，真好

我问你，你喜欢下雨吗？你会回答说："喜欢，下雨天富于诗意，叫人的心宁静。尤其是夏天，雨天里睡个长长的午觉该多舒服。"可是你也许会补充说："但别下得太久，像那种黄梅天，到处湿漉漉的，闷得叫人转不过气来。"

告诉你，我却不然。我从来没有抱怨过雨天。雨下了十天、半月，甚至一个月，屋子里挂满万国旗似的湿衣服，墙壁地板都冒着湿气，我也不抱怨。我爱雨不是为了可以撑把伞兜雨，听伞背滴答的雨声，就只是为了喜欢那下不完雨的雨天。为什么，我说不明白。好像雨天总是把我带到另一个处所，离这纷纷扰扰的世界很远很远。在那儿，我又可以重享欢乐的童年，会到亲人和朋友，游遍魂牵梦萦的好地方。优游、自在。那些有趣的好时光啊,我要用雨珠的链子把它串起来,绕在手腕上。

今天清早,掀开帘子看看,玻璃窗上已洒满了水珠,啊,真好,又是个下雨天。

守着窗儿,让我慢慢儿回味吧。那时我才六岁呢,睡在母亲暖和的手臂弯里,天亮了,听到瓦背上哗哗哗的雨声,我就放心了。因为下雨天长工不下田,母亲不用老早起来做饭,可以在热被窝里多躺会儿。这一会儿工夫,就是我最幸福的时刻,我舍不得再睡,也不让母亲睡,吵着要她讲故事。母亲闭着眼睛,给我讲雨天的故事:有一个瞎子,雨天没有伞,一个过路人看他可怜,就打着伞一路送他回家。瞎子到了家,却说那把伞是他的。还请来邻居评理,说他的伞有两根伞骨是用麻线绑住的,伞柄有一个窟窿。说得一点也不错。原来他一面走一面用手摸过了。伞主人笑了笑,就把伞让给他了。我说,这瞎子好坏啊!母亲说,不是坏,是因为他太穷了,伞主想他实在应当有把伞,才把伞给他的,伞主是个好心人。

在曦微的晨光中，我望着母亲的脸，她的额角方方正正，眉毛是细细长长的，眼睛也眯成一条线。教我认字的老师说菩萨慈眉善目，母亲的长相大概也跟菩萨一个样子吧。

雨下得愈大愈好，檐前马口铁落水沟叮叮当当地响，我就合着节拍唱起山歌来。母亲一起床，我也就跟着起来，顾不得吃早饭，就套上叔叔的旧皮靴，顶着雨在院子里玩。阴沟里水满了，白绣球花瓣飘落在烂泥地和水沟里。我把阿荣伯给我雕的小木船漂在水沟里，中间坐着母亲给我缝的大红"布姑娘"。绣球花瓣绕着小木船打转，一起向前流。我跟着小木船在烂泥地里踩水，吱嗒吱嗒地响，直到老师来了才被捉进书房。可是下雨天老师就来得晚，他有脚气病，像大黄瓜似的肿腿，穿钉鞋走田埂路不方便。我巴不得他摔个大筋斗掉在水田里，就不会来逼我认方块字了。

天下雨，长工们就不下田，都蹲在大谷仓后面推牌九。我把小花猫抱在怀里，自己再坐在阿荣伯怀里，等着阿荣伯把一粒粒又香又脆的炒胡豆剥了壳送到我嘴里。胡豆吃够了再吃芝麻糖，嘴巴干了吃柑子。肚子鼓得跟蜜蜂似的。一双眼睛盯着牌九，黑黑的四方块上白点点，红点点。大把的铜子儿一会儿推到东边，一会儿推到西边。谁赢谁输都一样有趣。我只要雨下得大就好，雨下大了他们没法下田，就一直这样推牌九推下去。老师喊我去习大字，阿荣伯就会去告诉他："小春肚子痛，喝了午时茶睡觉了。"老师不会撑着伞来谷仓边找我的。母亲只要我不缠她就好，也不知我是否上学了，我就这么一整天逃学。下雨天真好，有吃有玩，长工们个个疼我，家里人多，我就不寂寞了。

潮湿的下雨天，是打麻线的好天气，麻线软而不会断。母亲熟练的双手搓着细细的麻丝，套上机器、轮轴呼呼地转起来，雨也跟着下得更大了。五叔婆和我帮着剪线头。她是老花眼，母亲是近视眼，只有我一双亮晶晶的眼睛最管事。为了帮忙，我又可以不写大小字。懒惰的四姑一点忙不帮，只伏在茶几上，唏呼唏呼抽着鼻子，给姑丈写情书。我瞄到了两句："下雨天讨厌死了，我的伤风老不好。"其实她的鼻子一年到头都伤风的，怨不了下雨天。

湿热的雨天里，到处黏嗒嗒的，母亲走进走出地抱怨，父亲却端着宜兴茶壶，坐在廊下赏雨。院子里各种花木，经雨一淋，新绿的枝子，顽皮地张开翅膀，托着娇艳的花朵冒着微雨，父亲用旱烟管点着它们告诉我：这是丁香花，那是一丈红。大丽花与剑兰抢着开，木樨花散布着淡淡的幽香。墙边那株高大的玉兰花开了满树，下雨天谢得快，我得赶紧爬上去采，采了满篮子送左右邻居。玉兰树叶上的水珠都是香的，洒了我满头满身。

唱鼓儿词的总在下雨天从我家后门摸索进来，坐在厨房的条凳上，咚咚咚地敲起鼓子，唱一段《秦雪梅吊孝》《郑元和学丐》。母亲一边做饭，一边听。泪水挂满了脸颊，拉起青布围裙擦一下，又连忙盛一大碗满满的白米饭，请瞎子先生吃，再给他一大包的米。如果雨一直不停，母亲就会留下瞎子先生，让他在阿荣伯床上打个中觉，晚上就在大厅里唱，请左邻右舍都来听。大家听说潘宅请听鼓儿词，老老少少全来了。宽敞的大厅正中央燃起了亮晃晃的煤气灯，发出嘶嘶嘶的声音。煤气灯一亮，我就有办喜事的感觉，心里说不出的开心。大人们都坐在一排排的条凳与竹椅上，紫檀木镶大理石的太师椅里却挤满了小孩。一个个光脚板印全印在茶几上。雨哗哗地越下越大，瞎子先生的鼓咚咚咚咚地也敲得愈起劲。唱孟丽君，唱秦雪梅，母亲和五叔婆她们眼圈都哭得红红的，我就只顾吃炒米糕、花生糖。父亲却悄悄地溜进书房作他的"唐诗"去了。

八九月台风季节，雨水最多，可是晚谷收割后得靠太阳晒干。那时没有气象报告，预测天气好坏全靠有经验的长工和母亲抬头看天色。云脚长了毛，向西北飞奔，就知道有台风要来了。我真开心，因为可以套上阿荣伯的大钉鞋，到河边去看涨大水，母亲皱紧了眉头对着走廊下堆积如山的谷子发愁，几天不晒就要发霉的呀，谷子的霉就是一粒粒绿色的曲。母亲叫我和小帮工把曲一粒粒拣出来，不然就会愈来愈多的。这工作好好玩，所以我盼望天一直不要晴起来，曲会愈来愈多，我就可以天天滚在谷子里拣曲，不用读书了。母亲端张茶几放在廊前，点上香念《太阳经》，保佑天快快放晴。《太阳经》我背得滚瓜烂熟，我也跟着念，可是从院子的矮墙头望出去，一片迷蒙。一阵风，一阵雨，天和地连成一片，看不清楚，看样子且不会晴呢，我愈高兴，母亲却愈加发愁了。母亲何苦这么操心呢？

到了杭州念中学了，下雨天可以坐叮叮咚咚的包车上学。一直拉进校门，拉到慎思堂门口。下雨天可以不在大操场上体育课，改在健身房玩球，也不必换操衣操裤。我最讨厌灯笼似的黑操裤了。从教室到健身房有一段长长的水泥路，两边碧绿的冬青，碧绿的草坪，一直延伸到健身房后面。同学们起劲地打球，我撑把伞悄悄地溜到这儿来，好隐蔽，好清静。我站在法国梧桐树下，叶子尖滴下的水珠，纷纷落在伞背上，我心里有一股凄凉寂寞之感，因为我想念远在故乡的母亲。下雨天，我格外想她。因为在幼年时，只有雨天里，我有更多的时间缠着她，雨给我一份靠近母亲的感觉。

星期天下雨真好，因为"下雨天是打牌天"，姨娘说的。一打上牌，父亲和她都不再管我了。

我可以溜出去看电影，邀同学到家里，爬上三层楼"造反"，进储藏室偷吃金丝蜜枣和巧克力粒，在厨房里守着胖子老刘炒香喷喷的菜，炒好了一定是我吃第一筷。晚上，我可以丢开功课，一心一意看《红楼梦》，父亲不会衔着旱烟管进来逼我背《古文观止》。稀里哗啦的洗牌声，夹在洋洋洒洒的雨声里，给我一万分的安全感。

如果我一直不长大，就可一直沉浸在雨的欢乐中。然而谁能不长大呢？人事的变迁，尤使我于雨中俯仰低回。那一年回到故乡，坐在父亲的书斋中，墙壁上"听雨楼"三个字是我用松树皮的碎片拼成的。书桌上紫铜香炉里，燃起了檀香。院子里风竹萧疏，雨丝纷纷洒落在琉璃瓦上，发出叮咚之音，玻璃窗也砰砰作响。我在书橱中抽一本《白香山诗》，学着父亲的音调放声吟诵。父亲的音容，浮现在摇曳的豆油灯光里。记得我曾打着手电筒，穿过黑黑的长廊，给父亲温药。他提高声音吟诗，使我一路听着他的声音，不会感到冷清。可是他的病一天天沉重了，在淅沥的风雨中，他吟诗的声音愈来愈低，我终于听不见了，永远听不见了。

杭州的西子湖，风雨阴晴，风光不同，然而我总喜欢在雨中徘徊湖畔。从平湖秋月穿林荫道走向孤山，打着伞慢慢散步。心沉静得像进入神仙世界。这位宋朝的进士林和靖，妻梅子鹤，终老是乡，范仲淹曾赞美他："片心高与月徘徊，岂为千钟下钓台。犹笑白云多事在，等闲为雨出山来。"想见这位大文豪和林处士徜徉林泉之间，流连忘返的情趣。我凝望着碧蓝如玉的湖面上，低斜的梅花，却听得放鹤亭中，响起了悠扬的笛声。弄笛的人向我慢慢走来，他低声对我说："一生知己是梅花。"

我也笑指湖上说："看梅花也在等待知己呢。"雨中游人稀少，静谧的湖山，都由爱雨的人管领了。衣衫渐湿，我们才同撑一把伞绕西泠印社由白堤归来。湖水湖风，寒意袭人。站在湖滨公园，彼此默然相对。"明亮阳光下的西湖，宜于高歌，而烟雨迷蒙中的西湖，宜于吹笛。"我幽幽地说。于是笛声又起，与潇潇雨声相和。

二十年了，那笛声低沉而遥远，然而我，仍能依稀听见，在雨中。……

红纱灯

小时候，我每年过新年都有一盏红灯笼，那是外公亲手给我糊的。一盏圆圆直直的大红鼓子灯，两头边沿镶上两道闪闪发光的金纸。提着它，我就浑身暖和起来，另一只手捏在外公暖烘烘的手掌心里，由他牵着我，去看庙戏或赶热闹的提灯会。

八岁那年，他特别高兴地做了两盏漂亮精致的红纱灯：一盏给我，一盏给比我大六岁的五叔。这两盏灯，一直照亮着我们。现在，灯光好像还亮在我眼前，亮在我心中。

每年腊月送灶神的前一天，外公一定会准时来的。从那一天起，我的家庭教师也开始给我放寒假了。寒假一直放到正月初七迎神提灯会以后，足足半个月，我又蹦跳又唱歌又吃。妈妈说我胖得像一只长足了的蛤蟆，鼓着肚子，浑身的肉都紧绷绷的。几十里的山路，外公要从大清早走起，走到下午才到。我吃了午饭，就搬张小竹椅子坐在后门口等，下雨天就撑把大伞。外公是从山脚边那条弯弯曲曲的田埂路上，一脚高一脚低地走来的。一看见他，我就跑上前去，抱住他的青布大围裙喊："外公，你来啦，给我带的什么？"

"红枣糖糕，再加一只金元宝，外公自己做的。"

外公总说什么都是他自己做的，其实红枣糖糕是舅妈做的，外公拿它来捏成各色各样的玩意儿，麻雀、兔子、猪头、金元宝。每年加一样新花样。

"今年给我糊什么灯？"

"莲花灯、关刀灯、兔子灯、轮船灯，你要哪一样？"

外公说了那么多花样，实际上他总给我糊一盏圆筒筒似的鼓子灯。外公说他年轻时样样都会，现在老了，手不大灵活，还是糊鼓子灯方便些。

我也只要鼓子灯，不小心烧掉了马上再糊上一层红纸，不要我等得发急。

外公的雪白胡须好长好长，有一次给我糊灯的时候，胡须尖掉进糨糊碗里，我说："外公，小心晚上睡觉的时候，老鼠来咬你的胡须啊！"

"把我下巴啃掉了都不要紧，天一亮就会长出一个新的来。"

"你又不是土地爷爷。"我咯咯地笑起来。

"小春，你知道土地爷爷是什么人变的吗？"

"不知道。"

"是地方上顶好的人变的。"

"什么样的人才是顶好的人呢？"

外公眯起眼睛，用满是糨糊的手摸着长胡子说："小时候不偷懒，不贪吃，不撒谎，用功读书，勤快做事。长大了人家有困难就不顾一切地去帮助他。"

"你想当土地爷爷吗，外公？"

"想是想不到的，不过不管怎么样，一个人总应当时时刻刻存心做好人。"

好人与坏人，对八岁的我来说，是极力想把

他们分个清楚的。不过我还没见过什么坏人，只有五叔，有时趁我妈妈不在厨房的时候，偷偷在碗橱里倒一大碗酒喝，拿个鸭肫干啃啃，或是悄悄地去爸爸书房里偷几根加力克香烟，躲在谷仓后边去抽。我问过外公，外公说："他不是坏人，只是习惯学坏了，让我来慢慢儿劝他，他会学好的。"

外公对五叔总是笑眯眯的，不像爸爸老沉着一张脸，连正眼都不看他一下。所以外公来了，五叔也非常高兴。有时帮他劈灯笼用的竹子。那一天，我们三个人在后院暖洋洋的太阳里，外公拿剪子剪灯上用的纸花，五叔用细麻绳扎篾签子，我把甜甜的花生炒米糖轮流地塞在外公和五叔的嘴里。外公嚼起来喀啦喀啦地响，五叔说：

"外公，您老人家的牙真好。"

"吃番薯的人，样样都好。"外公得意地说。

"看您要活一百岁呢。"五叔说。

"管他活多大呢。我从来不记自己的年纪的。"

"我知道，妈妈说外公今年六十八岁。"

"算算看，外公比你大几岁？"五叔问我。

"大六岁。"我很快地说。

"糊涂虫,怎么只大六岁呢?"五叔大笑。

"大十岁。"我又说。其实我是故意逗外公乐的,我怎么算不出来,外公比我整整大六十岁。

"大八岁也好,十岁也好,反正外公跟你提灯的时候就是一样的年纪。"外公俯身拾起一粒木炭,在洋灰地上画了一只长长的大象鼻子,问我:"这是'阿伯伯'六字吗?"

"不是'阿伯伯',是'阿拉伯'六字,你画得一点也不像。"我抢过木炭,在右边再加个八字,说:"这是外公的年纪。"

五叔把木炭拿去,再在左边加了一竖说:"您老就活这么大,一百六十八岁,好吗?"

"那不成老人精了?"外公哈哈大笑起来,放下剪刀,又笃笃地吸起旱烟管来了。五叔连忙从身边摸出一包洋火,给他点上。外公笑嘻嘻地问:"老五,你怎么身边总带着洋火呢?"

"给小春点灯笼用的。"五叔很流利地说。

"才不是呢!你在妈妈经堂偷来,给自己抽香烟用的。不信你口袋里一定还有香烟。"我不由分说，伸手在他口袋里一摸，果真掏出两根弯弯扁扁的加力克香烟，还有两个烟蒂，五叔的脸马上飞红了。

"这是大哥不要了的。"五叔结结巴巴地说。

外公半晌没说话，喷了几口烟，他忽然说："小春，把香烟剥开来塞在旱烟斗里，给外公抽。"又回头对五叔说："你手很巧，我教你扎个关刀灯给小春，后天是初七，我们一起提灯去。"

"我不去，我妈骂我没出息，书不念，只会赶热闹，村里的人也都瞧不起我。"

"那么，你究竟念了书没有？"

"念不进去，倒是喜欢写毛笔字。"

"那好，你就替我拿毛笔抄本书。"

"抄什么书？"

"《三国演义》。"

"那么长的书，您要抄？"

"该，字太小，我老花眼看不清楚。你肯帮我抄吗？抄一张字一毛钱，你不想多挣几块钱吗？"

"好，我替您抄。"

五叔与外公这笔生意就这样成交了。外公摸出一块亮晃晃的银圆，给五叔去买纸笔。他还买回好多种颜色的玻璃纸给我糊灯。外公教他扎关刀灯，自己一口气又糊了五盏鼓子灯，红的、绿的、黄的、蓝的，一盏盏都挂在廊前。五叔拿着糊好的关刀灯在我面前摆一个姿势，眼睛闭上，把眉心一皱，做出关公的神气。在五彩瑰丽的灯光里，我看见五叔扬扬得意的笑。

　　提灯会那天下午，天就飘起大雪来。大朵的雪花在空中飞舞，本来是我最喜欢的，可是灯将会被雪花打熄，却使我非常懊丧。外公说："不要紧，我撑把大伞，你躲在我伞下面只管提，老五就拿火把，火把不怕雪打的。"

　　外公套上大钉鞋，五叔给我在蚌壳棉鞋外面绑上草鞋，三个人悄悄地从后门出去，到街上追上了提灯队伍。妈妈并不知道，她知道了是绝不许外公与我在这么冷的大雪夜晚在外面跑的。

　　雪愈下愈大，风就像刀刺似的。我依偎在外公身边，一只手插在他的羊皮袴口袋里，提鼓子灯的手虽然套着手套，仍快冻僵了。五叔在我前面握着火把，眼前一长列的灯笼、火把，照得明晃晃的雪夜都成了粉红色。大家的草鞋在雪地上踩得咯吱咯吱地响。外公的钉鞋插进雪里又提起来，却发出清脆的沙沙声。我吸着冷气，抬头看外公，他的脸和眼睛都发着亮光。

"外公，你冷不冷？"我问他。

"越走越暖和，怎么会冷，你呢？"

"外公不冷，我就不冷。"

"说得对，外公六十八岁都不冷，你还冷？"他把我提灯的手牵过去，我冻僵的手背顿时感到一阵温暖。我快乐地说："外公，我真喜欢你。"

"我也真喜欢你，可是你长大了要出门读书，别忘了过新年的时候回来陪外公提灯啊。"

"一定的。等我大学毕业挣了大钱，就请四个人抬着你提灯。"

"那我不真成了土地公公啦？"他呵呵地笑了。

提灯队伍穿过热闹的街心，两旁的商店都噼噼啪啪放起鞭炮来。队伍的最前面敲着锣鼓，也有吹箫与拉胡琴的声音，闹哄哄地穿出街道，又向河边走去，火把与红红绿绿的灯光，照在静止的深蓝河水中，岸上与河里两排灯火，弯弯曲曲，摇摇晃晃地向前蠕动着。天空仍飘着朵朵雪花，夜是一片银白色，我幻想着仿佛走进海龙王的水晶宫里去了。忽然前面一阵骚动，有人大声喊："不得了，有人掉进河里去了。"

我吃了一惊，一时眼花缭乱。仔细一看，一直走在前面的五叔不知什么时候已经不见了，我拉着外公着急地说："怎么办呢，一定是五叔掉进河里去了。"

外公却镇静地说："不会的，他这么大的人怎么会掉进河里去呢？"

长龙缩短了，火把和灯笼都聚集在一起。在乱糟糟的喊声中，却听见扑通一声，有人跳进河里去。我不由得赶上前去，挤进人丛，看见一个人拖着一个孩子湿淋淋地爬上岸来，仔细一看，原来是五叔。他抱着一个比他小不了多少的男孩子，把他交给众人；我抢上一步，捏着五叔冰冷彻骨的双手说："五叔，你真了不起，你跳得好快啊。"

五叔咧着嘴笑，提灯队的人个个都向他道谢。说他勇敢，肯跳下快结冰的水里去救人。外公拈着胡须连连点头说："好，你真好，快回去换衣服吧。"

五叔先回去了。外公仍牵我跟着队伍，一直到把菩萨送进了庙里才散。那时将近午夜，雪已经停止了，空气却越来越冷。外公把伞背上沉甸甸的雪抖落了，合上伞，在我的鼓子灯里换上一支长蜡烛。灯光又明亮了起来，照着雪地上我们俩一高一矮的影子，前前后后地摇晃着。提灯的人散去以后，我忽然感到一阵冷清，心里想着最热闹的年快过完了，随便怎样开心的事儿，总归都要过去的。我没精打采地说："外公，我们快回家吧，妈要惦记了。"

回到家里，看见五叔坐在厨房里的长凳上，叔婆在给他烤湿漉漉的棉袄，妈正端了一碗热气腾腾的酒给他喝，说是给他去寒气的，这回他可以大模大样地喝酒了。

我连忙问他："五叔，你怎么有胆子一下就跳进这么冷的水里呢，你本来会泅水吗？"

"只会一点儿。那时我听见喊有人掉下水去了。我呆了一下，忽然觉得前面的火把烧得这么旺，灯笼点得这么亮，这样热闹快乐的时候，怎么可以有人淹死在水里呢？我来不及多想，就扑通一下跳进水去。在水里起初我也很心慌，衣服湿了人就往下沉。可是我想到那个不会泅水的人快淹死了，他一定比我更心慌，我仰起头，看见岸上有那么多灯火，地上又是雪白的一片，我就极力往上看，往亮的地方看，那许多火把和灯光，好像给了我不少力气，我还是把那个人找到，拖上来了。"

　　"你知道村子里个个都在夸奖你吗？"外公问他。

　　"我知道，从他们的脸上，我看得出来。"

　　"那么，把这碗酒慢慢地喝掉，喝得浑身暖暖的，以后别再喝酒了。"外公又端一碗酒给他说。

　　"我以后不再偷喝酒了，我要做个好人。"

　　"你本来就是好人嘛，外公说的，肯帮助人的就是好人。"我得意地说。

我的大红鼓子灯还提在手里，妈妈把它接去插在柱子上，又点起一支大红蜡烛，放在桌子正中，照得整个厨房都亮亮的。五叔望着跳跃的烛光，一对细长眼睛睁得大大的，他转脸对外公说："外公，我捧着火把跟大家跑的时候，忽然觉得灯真好，亮光真好，它照着人向前跑。照得我心里发出一股暖气，大家都在笑，都那么快乐，所以我也跑，跟着大家一起呐喊。我才知道以前不该躲躲藏藏地做旁人不高兴的事。外公，我以后再也不这样了。"

外公笑起来满脸的皱纹，外公好高兴，他的眯缝眼里发出了光辉。他摸着胡须说："好，你说得真好，我要好好给你扎一盏灯，赶着十五提灯去。"

"我也要。"我喊。

"还少得了你的！"

外公叫妈妈找来两块大红薄纺绸，又叫五叔帮他劈竹子，整整忙了两天，他真的扎出两盏玲珑的六角形红纱灯。每个角都有绿丝线穗子垂下来，飘啊飘的，下面还有四只脚，可以提，又可以摆在桌上。原来外公的手艺这么高,他的手一点没有不灵活,以前只是为了赶工,懒得扎就是了。

两盏红纱灯并排儿挂在屋檐下面,照着天井里东一堆西一堆的积雪和台阶下一枝开得非常茂盛的蜡梅花。那梅,在静悄悄中散布出清香。

五叔注视着那灯光说:"明天起,我给你抄《三国演义》。"

"别给我抄《三国演义》了,请老师教你读书吧,读一篇,你就抄一篇,你大哥书房里那么多的书。"

"老师教我读什么书呢?"

"《论语》,那里面道理多极了。"

"《论语》,老师都教我背过了,只是觉得没什么意思。"

"我一句句打比喻解说给你听,你就有兴趣了。"

五叔点点头。

正月初七已过,我的假期满了,必须回到书房里。外公叫五叔陪我一同读书。我们各人一张小书桌，晚上把两盏红纱灯摆在正中长桌上。我虽眼睛望着书本，心里却一直惦记十五的提灯会。五叔经外公一夸奖，书念得比我快，字写得比我好。外公告诉我爸爸，爸爸还不相信呢。

十五提灯会，不用说又是最快乐的一晚。那个被五叔救起的男孩子特地跑来约他一同去。我呢，仍旧牵着外公的手，把美丽的红纱灯提得高高的，向众人炫耀。

提灯会以后，快乐的新年过完了，可是我觉得这一年比往年更快乐，什么原因我却说不出来。是因为外公给我与五叔每人做了一盏漂亮的红纱灯吗，还是因为看五叔在灯下用心抄书，不再抽烟喝酒，不再偷叔婆的钱了呢？

克姑妈的烦恼

喜欢看电视的人,大概记得《神仙家庭》中,有一位颤巍巍的克姑妈。她年轻时也跟她侄女一样,呼风唤雨,法力无边。可是现在老了,咒语记不完全,背得七颠八倒,变出来的东西全不是那么回事。于是搅得家里人仰马翻,愈帮愈忙。看戏的哄然大笑,觉得克姑妈糊涂得可爱。我,尤其喜欢看她,因为我家就有两个"克姑妈",一个是望七之年的女工林嫂,一个就是我自己。

克姑妈在戏里那么逗,可是在实际生活里却真叫人烦恼。举个例来说吧,我常常忽然想起一件事要跟外子商量,喊了他一声以后,却怎么也想不起那是一件什么事。他就拖着四川长音说:"算了算了,想不起来一定不是什么急得要命的事。"我却固执地非把它想起来不可，等想起来时，他又沉入他的书报中不便打搅了，不然他又该怪我说话不是时候了。至于钥匙钢笔之类，明明记得放在东边，却偏偏在西边出现的事儿，更是司空见惯。外子说这是闹狐仙。于是家里又出现了两个狐仙，一个是我，一个是我那十二岁半的儿子。他就利用我记忆力的衰退，把罐子里的糖果饼干，由多变为少，由有变为无，却硬说是妈妈八百年前买的，或甚至根本没有买过，我也只好恍兮惚兮地认了。有一次，我叫他为我找来老花眼镜，我匆匆戴上，顿觉眼前一片昏黑，字迹模糊不清。我想：糟了，工作过度，视力不行了。他又赶紧递来另一副说："妈妈，狐仙给你变一副好的。"原来他故意把太阳眼镜给我充老花眼镜，吓得我精神几乎崩溃，他就如此地捉弄我。

我觉得闹闹狐仙倒还有趣，只是克姑妈的丢三忘四叫人苦不堪言。尤其是女工林嫂。她除了牢牢看住大门外，在家务上，简直搞得一团糟。任何事，我都无法托她办。比如说去菜场吧，她几乎每次都是丢了钱，忘了菜，然后叫一辆出租车回家。做菜呢，该蒸的炒，该切片的切丝，该放盐的放糖，端出来的菜，就是糖儿酱儿醋儿和在一起，别有一番滋味。丈夫和孩子吃不下饭，只好我这个年轻点的克姑妈亲自下厨房。

更有一样，她每晚必定出去"踢托"，十二时左右才回家，我真担心她的安全，她却得意扬扬地说："过十字路口时，我只要一招手，出租车就会停下来让我先过马路。我的手臂比警察的指挥棒还灵。"她却没听见司机看她招呼了又不上车会怎么骂她呢。

以前我偶尔患健忘症，总是原谅自己，认为是工作太忙，疲劳过度所致。现在知道是由于不饶人的年龄，更年期的现象。傻头傻脑的儿子曾问我："妈妈，你常常说更年期到了，什么叫作更年期？"我只好对他说："年纪渐渐大了，就要由一个阶段进入另一个阶段，也就是更年期。"他恍然大悟地说："那么我小学毕业，也要更了年才能进中学了。"想来也不无道理。人自从呱呱坠地到长大衰老，哪一天不在更年呢。儿子还说过："妈妈，你现在别老，等我长大了，我和爸、妈三人一起老。"这种意识流的现代派想法，叫人听了又感慨又高兴。有这么个愿意陪我们一起老的傻儿子，一片孝心，我们也于愿足矣。

在家中，他自称狐仙第一号，喊我克姑妈第二号，把第一号封给了林嫂，他认为妈妈并没糊涂到那种程度。妈妈做的菜还是最好吃的，妈妈讲的历史故事还是最动听的。还有妈妈买来大包小包的零食，过一两天就忘得一干二净，原是馋嘴的狐仙求之不得的事啊。

今天，当我写了"克姑妈的烦恼"这题目时，他在一旁安慰我说："亲爱的克姑妈，千万别烦恼，你有个狐仙儿子，爸爸虽是凡人，却能帮你把戏法变回来，我们也是一个神仙家庭呢！"

病中致儿书

一

楠儿：

早晨，你爸爸送我进医院，在车上要坐很长一段时间。早晨的阳光特别明亮，空气又那么新鲜。在明亮的阳光里，呼吸着新鲜的空气，我的心情很悠闲很愉快，一点也不像去动手术，倒像出外郊游似的。所不同的是身边没有你。若是郊游怎能少得了你呢？因此我就格外惦念你，不知此刻你正在上哪一堂课。老师转过身子写黑板时，你是不是又在东张西望了。粗心大意地写完了十道数学题，起码又得错五道，是吗？今早，我因很不舒服，没有起床给你做早点，没把你爱吃的点心包了放在你书包里。你爸爸一忙就给忘了。上了两节课,你该饿了。伸手往书包里一摸,没有点心,你就会想起:"妈妈今天进医院,没心思顾我了。"其实我在医院病床上,心却无时无刻不在你身边。而你呢,最好妈妈离开远些,就没人啰唆你了,是吗?这些日子你一直问我:"妈妈,你几时进医院,几时开刀呀?我可不可以来看你?"你并不懂得惦记我的病,只为开刀是一件新鲜事儿。而且你说一定会有吃不完的水果、果汁、蛋糕,等等,你早就在盼望了。

现在是晚上八点,我已经舒舒服服地躺在洁白的病床上了。我们这间病房一共四个人。我没进来以前,有点胆怯。担心同房间的病人是不是都很和气。听说有些病会使人的脾气变坏,那么她们会不会都是坏脾气的人呢?可是我刚跨进房间,邻床的病人就向我微笑打招呼,告诉我东西该放在哪里。她是肚子里长个瘤来开刀的。她姓陈,已经在这里住了将近三个月,是一位送往迎来的老资格病人了。

另外一位姓饶,是甲状腺病。一位姓尹,是

小学老师，她患的是心脏病和半身不遂。我们四人都穿着一律的浅紫色又长又大的病人制服，立刻就同病相怜起来。真的，我们很快就谈得很投机了。

从玻璃窗外望去，是一片碧绿的草坪，使你眼睛有清新之感。爸爸不是对你说过吗，天然的绿色，是洗眼睛最好的药水，我们住在公寓房子里，一直望不到树木和草坪，现在我可以天天饱餐绿色。相信回家以后，眼睛也会比以前更明亮了。

靠左是一座小土墩，上面也长满了草木和紫色的牵牛花，陈阿姨告诉我，在那美丽的花草之下，覆盖的是无主的荒坟，年代已非常久远了。年轻的饶阿姨虽然是五个孩子的妈妈，可是这位小妈妈却非常胆小。天还没暗下来，她就把深绿色的窗帘拉起来，隔开那座荒坟。孩子，我想你对暮色苍茫中的荒坟，一定有一份神秘感。不是吗！只隔着一层望得透的薄薄玻璃，窗子里是求生欲迫切的病人，由大夫悉心地治疗，一天天走向健康，继续为生存而奋斗。而窗子外黄土下的枯骨，却早和这世界脱离关系了。可是他们在生前如果曾为社会人类做过有益的事，那么他们的形骸虽已消失，他们的精神仍长存人间，也就不能说和这世界没有关系了。你不是读过很多民族英雄可歌可泣的故事和中外名人的传记吗？像我们的革命先烈，像美国的华盛顿、林肯、爱迪生，他们岂不是永远活在后代每个人的心中？写到这里，妈妈不由得越发感到自己的渺小了。可是无论怎样渺小的人，在医师们的心目中，都是一视同仁的。他们的仁心仁术，就是要把你的病治好。逃出病魔掌握之后，更体会到生命的价值和生存的意义。哪怕再渺小，也都会有他的光彩的。你现在还小，也许不懂妈妈说的意思，逐渐长大时，你自然会懂的。

现在才九点钟，她们三人都已入睡。妈却开着小灯给你写信，想你还在灯下做功课，一会儿喝杯水，一会儿小个便，功课写得好慢。临睡前的一杯牛奶，你自己冲来喝。妈妈不在家，你会"自作自受"，吃得津津有味的。你满口的成语，时常逗得我们大笑。告诉你，妈妈住院，要吃了睡，睡了吃，人一定会长胖，回家来时，你一定要说妈妈"面目全非"了。

　　　　　　　　　　　　妈　妈
　　　　　　　　　　　　五月五日

二

楠儿：

　　医师已为我动过手术，当助手来接我去时，护士小姐给我注射了一针，然后命我仰卧在床上，慢慢儿推着。推过长长的走廊，推进大大的电梯。我微微合着双目，飘飘荡荡的，非常舒服。你爸爸一直陪着我在床边走。妈妈还从来没有这么享福过呢，这所东南亚第一流的医院真大，推了很久很久以后，才到手术室。两扇雪白的门打开，我被推了进去。孩子，你不是最爱看以前的电视《医林宝鉴》吗？就是那情景，只不过没那么有声有色就是了。

　　手术非常快，只短短一小时，就把半年来叫

我提心吊胆的病根拔去了。医师手中亮晃晃的钢刀真是神奇，害过一次严重的病，就格外地依赖医师。

躺在病床上，我有很多很多感想。我真向往医师们高明的医道，他们为病人解除痛苦，将你从死亡边缘拯救回来。除职业上的责任感外，他们更当有一颗仁慈的心和一脸和蔼的神情。像电影里那些严肃而又风趣的老医师似的，那将使病人多么感到欣慰安心呢。你现在还小，将来的旨趣在哪一方面还不能确定。可是你有一副善良的心肠，看你对小动物都不忍加以杀害，小时候还千方百计想救活一只被猫咬伤的小麻雀，我就知道你是个富于同情心的孩子。你将来如果学医的话，一定是个好医生。病人如果有痛楚，向你求援，你可千万别摆架子。你一定要伸出手摸摸病人的额角说："吃了药，忍耐一下就好了，我会来看你的，安心地睡吧。"

病人就像个孩子，见了护士，就恨不得她们多停留一下，和自己说说话，病痛也像好一点似的。可惜她们都太忙了，匆匆来，匆匆去，这不能怪她们。她们有那样多的病人要照顾。照着医师的指示给病人吃药，不能有丝毫的错误。日夜班轮流交替，她们的工作是相当辛苦的。她们一早进来，对我们笑眯眯地说一声早，然后替我们铺床，送早点，量体温，数脉搏。问我们大便几次，小便几次。我笑着对她们说："我感到真享福，在家里，我永远是替人铺床的人，谁管你大便几次，心跳几下呢！"她们都笑了。真的，养病是一种享受。妈妈躺在病床上，连翻身都有困难时，你爸爸就显得特别细心和气，不像平时跷起二郎腿，只顾自己看报，妈忙昏了头也没他的事呢。

可惜人在福中不知福，尽管我可以一点心不操，但我总是惦记你爸爸和你的饮食。其实你爸爸很能干，他会炒蛋，炒青菜，会买卤肝卤鸭。清洁工作，你要帮着做。你还算勤快，就是毛手毛脚。你爸说我不在家，你反而自发自动地做事，功课也不用他督促。可见妈妈平时替你做得太多，反而造成你的依赖性了。你是个男生，更应当有独立精神。现在已日益长大，越发要为双亲分劳才是。

　　写到这里，妈妈不由想起你在灯下读书的情景。有时我去上夜课，你爸爸也有事出去了，你一个人埋头写功课，你曾有一篇作文写道："一间黑黑的屋子，一盏黄黄的灯，一个小小的人儿，在灯下寂寞地写着功课，那个人儿就是我，算术好难啊！爸爸都没有功夫教我。"你爸爸大为欣赏你的文艺气息，我却为你这小小人儿的寂寞而感到万分抱歉。人来到这世界，就注定得这般忙碌。一半为自己，一半为你热爱的人类。你再长大点，就不会埋怨双亲没有天天陪伴你了。从现在起，你就得学习经得起困难，耐得住寂寞。许多时候，我们是非得独立奋斗不可的。儿子，你懂吗？

妈　妈
五月七日

三

楠儿：

现在是深夜二时，同室的病人都睡得很熟，我却再也睡不着了，便悄悄地拉起布幔，在灯下给你写信。刚才护士小姐进来给我打针，她轻轻按着我的额角说："你有点出汗，在发烧呢。"她的声音很柔和，圆圆的脸蛋儿，雪白整齐的牙齿，笑起来好甜。她的态度很和蔼，叫人看了就会忘记病痛，一点也不像一般人所说的"冷若冰霜"的样子，可说是真正的"白衣天使"。另外还有一位，长得皮肤虽没她白，牙齿也没她整齐，性情却是一样的温柔，服务细心周到。每回进来量体温打针，都是未说先笑。打针技术高明，药水推得很慢，频频问你痛不痛。不像到府打针的小姐，三秒钟就跑了。所以在我心目中，她们都是一样的美丽。因为这种美丽是属于内心的，与外表的美丑无关。我在想，假如每个医院的每个护士都像她们这般和蔼可亲，每位医师都像她们这般对病人没一点架子，病人的病更将好得快，医院更将充满祥和气象了。

外面走廊里有轻轻的脚步声，是一个病人病危，医生来急救。但愿上天保佑她能脱离危险。昨天早上就有一个病人不治去世。她是位老太太，她的白发苍苍的丈夫，由儿女陪伴着坐在会客室里。他们形容憔悴，满面泪水，却不便哭出声来。老人捧着去世妻子的衣物，坐在椅上发呆。我看了心里真难过。我问一位护士小姐："你们常常看到这种情景，心里有什么感觉？"她说："初做护士，当夜班时真怕，也替病人家属难过。情形见多了，也就不觉得怎样了。并不是我们缺少同情心，是因为我们的工作告诉我们，死者已矣，我们要集中心力，援救那些有希望医治的病人。相反地，我们看到病人病愈出院，心里万分高兴。"她的话很有道理，我们固然为死者悲痛，可是只悲痛是没有意义的。我们必须积极地使生命活得健康、有作为。妈本来不愿和你谈这些关于生死的问题。我只是希望你懂得活泼健康的快乐，在充分的阳光空气和双亲的照顾下，很快地长大。

生命的成长，是多么神奇。你不是养了一对鸽子吗？你看母鸽孵蛋时，何等辛苦。腹部美丽的绒毛都脱落了。公鸽每天都有一定的时间和母鸽换班，直到小鸽啄出壳来。拇指大小那么一点点，软绵绵、颤巍巍的小身体。你怎能相信，由于它父母的抚育，它会长大成一只翱翔天空的壮健鸽子。喂饲的情形，你是看见的，大鸽用尽了全身的力气，把吃到胃里消化好的食物，反刍上来，吐在嗷嗷待哺的乳鸽口中。就这么一天一天的，乳鸽长大了，毛羽逐渐丰满了。然后大鸽再教它飞。先是张开小翅膀轻拍着，慢慢儿越飞越远，终于能平稳地盘旋在蔚蓝的天空。大鸽子看自己的儿女长大了，快乐是无法形容的。你每天守着它们长大，不也享受同样的快乐吗？

你爸爸告诉我，喂鸽子的玉米和豌豆，撒落在屋顶水泥缝中，承受雨水，长出芽来。你把它们种在一钵泥土中，幼苗已经长得很高了，你好高兴。你每天上学前给幼苗洒水，放学回来给鸽子添饲换水，显得非常耐心有恒，不像做旁的事，丢三忘四的。可见只要你集中精神做一件事，没有做不好的。而且你懂得如何培育小生命，它们的成长，就是你的快乐。天地间充满了生机，小小的一粒种子，会从岩石细缝中冒出绿芽来。所以我们要好好保护它，不要加以摧残。这就是人类的基本精神——爱心。记得你爸爸有一次开玩笑说："小鸽孵得太多了，把它杀来吃掉。"你就跺脚大嚷："爸爸，你养了它，怎么可以吃它呢？"你连鸽蛋都不忍心吃，这就是仁慈的天性。妈并不希望你婆婆妈妈的，但仁慈心是每个人都应当有的。

我写这信给你，是要你懂得，这个世界，充满了雨露与阳光，禽鸟花木借着它们长大，人类更是如此。你就包围在这温煦的雨露阳光中呢。

妈　妈

五月九日

四

楠儿：

今天一大清早，同病房饶阿姨的先生就送来一束康乃馨，插在瓶子里。原来今天是母亲节。她十岁的女儿因自己不能来，一定要她爸爸代买这束花送给妈妈，祝妈妈身体快快健康。我当时真羡慕她有一个懂事的女儿，心想你虽比她大，却是个男生，没有她细心。十点钟左右，你也随着爸爸来了。爸爸手中也提着嫣红的玫瑰花，原来是他同事送我的。你却只是傻乎乎地站在床边，喊了一声妈妈，就伸手拿起茶几上一块最大的巧克力蛋糕，三口两口吃完就溜出去玩儿了。我对你爸爸说："你看他一点也不懂得问问我的病情。"你爸爸只是笑，仿佛对你这粗心大意的儿子还很得意的样子。等你们走后，我才在枕头下发现你给我的母亲节卡片，封面是你自己画的康乃馨，里面画一颗心，"心"里写了一首献给我的"诗"，爸爸说你整整画了一个下午，诗居然半文半白，像一首五言诗。"慈母口中语，句句为儿念，时时勉励我，要我勇往前……"据你爸爸说，老师改过几个字，大部分是你自己作的。老师大为赞赏，还把它写在黑板上给同学看。你能获得这样的鼓励与荣誉，我真是高兴。但愿真如你诗中说的"日日求进步，永远不懈怠"就好了。

今儿一整天，来看我的亲戚朋友真多。还有一批一批的学生，送来一束一束的鲜花。现在我病床四围都是花，除康乃馨外，有夜来香、剑兰、菊花、玫瑰。我把它们分插在每位病友的床边，大家分享。我们的病房真成了"花花世界"了。我想起古人有两句诗："维摩一室虽多病，亦要天花作道场。"正是我现在的情景。维摩是维摩诘，是一位多病的居士；天花就是天女散花，把花撒落在病房中，美化了病房，病也好了。

妈妈因工作太忙，平时很少买鲜花，家中所摆的全是塑料花，虽然逼真，究竟是没有生命的。现在四围布满鲜花，香气扑鼻，在浓郁的芬芳中，我深深体会到浓郁的友情，我的心涨得满满的，太多友情，几乎使我载都载不动了。

真的，我是悠悠闲闲地躺在床上，饮啜着友情。阿姨们给我送来熬得烂烂的排骨稀饭，卤肘子、卤肝和鱼汤、鸡汤，还有果汁点心，等等，我吃都来不及吃，都由你和爸爸分享了。说实在的，我们平时吃得哪有这么讲究呢？

更值得告诉你的，是谢阿姨送给我一尊拇指大的象牙佛像，我如获至宝，把它放在枕边，念着佛号，可以安心入梦。邻床的陈阿姨是位虔诚的基督徒，她笑问我："真奇怪，你为什么要向一具偶像膜拜呢？"我说："这不是拜偶像，而是信仰的象征。"她笑着点点头，我们没有展开辩论。我和她虽然各有信仰，可是内心的虔诚是一样的。她真是位标准的基督徒。每天早上一定伏在床边低头祈祷，然后读一段《荒漠甘泉》，才出去散步。她告诉我她的病是死里逃生，一切都是上天的安排。所以她一点也不恐惧。她现在几乎完全康复了。我默默祝福她，也万分钦佩她信心的坚定。信心可以产生力量，克服一切困难。

病中使我体会到许多真理，享受了充分的友情，也更使我有时间设身处地想到别人。同病房的另一位病人尹老师，她患有严重的心脏病，加以半身麻痹，行动极为不便。可是她并不愁眉苦脸，看上去非常乐观，跟我们有说有笑。最使我敬佩的是她非常坚强、独立。靠着一根拐杖，她自己慢慢摸进浴室洗澡，不要人帮忙。她说她必须训练自己克服困难，不能老是依赖旁人。这一份毅力，一定可以使她康复。可是有时候，我看她一个人坐着，对着半枯萎的花发呆，或是低头望着自己半残废的左手臂左腿时，我真为她难过。她在想什么呢？是不是在惦念远在家里的孩子们，还是担心学校的课业呢？我们三个人的病，痊愈了就可以出院，可是她的病是不会很快痊愈的。她的丈夫远在谷关，是一位校长，不能常来看她。有一天来看她，她一见他就哭了。尽管她跟我们笑，见到亲人，她还是哭了。看她哭，我也忍不住眼泪。我担心她往后漫长的时日，以半残废的身体，如何肩挑家务和职业的重担呢？她的先生一面为她修剪指甲，一面和她喃喃絮语，疾病中，越发见得亲情的温厚。

我虽庆幸自己很快可以痊愈出院，却不由得

时时想到她艰难的来日，而感到心情有点沉重。于是我捧起枕边的佛像，虔诚祝她早日康复，我们虽只有两个星期的相处，可是人类是应当相互关切的。

我告诉你这些，只为希望你知道，世上总有许多痛苦和折磨，自己的要忍受和克服，旁人的要关切与同情。

医师告诉我，创口愈合得很快，也许再过几天就可出院回家。我恨不得就是明天，未进医院前，我满心想多住几天，真正丢下一切家务，休息一下。谁知一进医院，无时无刻不想念你。正如你说的："妈妈看见我就生气，看不见我就想念。"你这个小淘气，可真折磨人呢。

妈　妈
五月十日

病中杂记

第一次住医院回来时，儿子居然问我："妈妈，你还要不要再去住？"多傻！他当医院是住着玩儿的。没想到他的话不幸而言中，我真的又躺回到医院的病床上了。

病，固然给身体一些折磨，心灵上却有不少收获；何况席梦思床垫，海绵大枕头，软绵绵的，让我躺着休息，比起办公和做家务忙得电风扇似的团团转，真是享福太多了。好像是苏东坡有两句诗，"因病得闲殊不恶，安心是药更无方"，"安心"二字，真是不二良方。医师也劝病人少服安眠药或止痛片，安心便能入睡。高僧智者大师说："但安心止在病处，即能治病。"又说："息心和悦，众病即差。"我反复地默念，体味其中妙理。

既然已经病了,就只好安心地病,和悦地享受病中的亲情友谊,也正是无上福分呢。

同屋的一位病人,病情比我严重得多。真佩服医生手中的刀,像黄河改道似的,把她的直肠出口移到腹部。手术整整三小时,她的先生、孩子、亲友,心情焦急沉重地守候了最长的三小时。听她一声声痛楚的呻吟,却无法替她分担。真的,最爱她的亲人,也无法替她负担肉体的痛苦。深通佛学的叶曼大姐来看我,她慢条斯理地说:肉体的痛苦,即使是道行再高深也无法避免。我相信一切皆有定数。比如我这副臭皮囊,得挨大夫两次刀,也是定数,所谓"若问前世因,今生受者是"也。

一搬进病房,就听到咪唔咪唔的猫叫声。一只半大不小的花猫摇摇摆摆地走进来。我高兴地招呼它一声,它就纵身跳上我的膝头,冰凉的鼻尖几乎碰到我的脸颊。若是不喜欢小动物的人,真会紧张得叫起来,而我却受宠若惊,认为这只猫一定跟我特别有缘。护士小姐说,这是一个病人捉进来的野猫，而且被宠得不成样。医院非住宅，如何可以养猫。我真高兴，十步之内竟有同好。大概那个病人出院了，猫感到寂寞，第六感使它又找到一个新朋友。可是我怕打搅同室的病人，不便留它。一周后搬了病房，我就非常想念它，希望它惠然而至，解我寂寞。真是心有灵犀，可爱的花猫在傍晚时就咪唔咪唔叫着来了。它跳上窗台朝里面望，病床正靠窗边，我轻声对它说："现在不行，护士小姐会生气的，等天黑后再来好吗？"它似懂非懂，眯着眼睛温柔地望着我；我打开纱窗，递给它一撮香喷喷的鱼松拌饭，它就着我的手心吃了，蹲下来咕咕咕地念起经来。护士小姐进来量体温，指着它笑骂："你真讨厌。"它就一溜烟地跑了，我有点怅然。

夜深醒来，倾耳细听，断定我的小朋友已经来了，因为有爪子在抓纱窗。窗子里面的鱼松香味它没有忘记，我伸手开启纱窗，放它进来，它一下子就跳上了雪白的床单，大模大样地躺下来睡觉了。我想，这一定是它的老规矩，本来睡这张床的病人一定就是以这种方式接待它的。所以它"登堂入室",毫不畏缩,并不是跟我有特别的缘分。但不知那位病人,只是生性爱猫呢,还是因为很寂寞孤单,内心有无可填补的空虚,宁愿找一只猫儿作伴呢?人,总是有感到寂寞孤单的时光的,有时连最亲的亲人也无法了解你;任何言语也无法表达那种感受,倒不如和一只不会说话的猫默然相对,反而有相知在心之感。这位病人已经走了,猫不懂得念旧,不懂得送往迎来,也就不会有什么怅惘之情。这样看来,人反不如猫呢!

早睡是住院一大享受。天公又特别作美,一连下了几天的雨,对我这个爱雨的人来说,真是一种恩赐。夜深隔着窗儿听雨,不用担心明天起来晚了赶不上交通车,也不用操心烧什么菜款待丈夫和孩子。扭开蔚蓝的床头灯,一卷在手,正可补读忙中未读之书。我知道这是一种逃避责任的心情,可是人真是老牛破车似的,拖到拖不动了,为什么不能偷一下懒,让自己转口气呢?二十年来,我一直是这般的奔忙、劳累,我为什么不能停下来喘息一下呢？两次的住院，见到婴儿的出生，见到衰病者的死亡，人生的两头距离是这么短，有什么是值得笑、值得哭的呢？窗外一只被人丢弃的破铅桶，雨点打在上面叮叮咚咚的，是美妙的音乐，也是负号的音符，一声声划向生命的终站。哪一个人能叫时间停留呢？

矮墙外的夹竹桃被路灯照耀着，扶疏的花影洒落在我床边深绿色的布幔上，这个世界原是非常美丽的。我又想起苏东坡在一篇和友人赏月的文章里说："何处无月，何处无竹柏，但少闲人如吾两人耳。"大自然的美景，随处随时皆有，只是没有时间欣赏。我现在总算有点时间，就尽量欣赏吧。

早起看窗外碧绿的枝头结着一个大大的蜘蛛网，晶莹的雨珠洒在网上，正是一幅天然的美景。网中心是空的，蜘蛛一定是觅食去了。不到一会儿，我再抬头一看，蜘蛛网已经被工人的扫帚破坏无遗，觅食归来的蜘蛛又得辛苦重建它的住处。它固有百折不挠的精神，却哪里知道这个世界的相生相克是如此剧烈，万物并不能各得其所呢。

一位温柔的护士小姐，知道我再度住院，她老远地捧着花来看我。我问起一直在怀念中的几位病友，她一一告诉我她们的病情。可是谈到一位施太太时，我们黯然了。她患的是极严重的心脏病，医师为她动完大手术后，在恢复室中只微微张开一次眼睛，就没有再醒过来。她就此和她的亲人，和这个世界永别了。

我和她只有短短十余天的相处。她是杭州人，我们互叙乡情，分外亲切。我出院的上午，她在我小册子上写下姓名，要我一定寄一本我自己写的书给她，因为我那些写故乡童年的短文，可以慰她病中的乡心。我平时笔懒，但这次一到家就寄给她书和一封信。三天后，我收到她的回信。娟秀的字体，优美的文笔，丝毫没有病体衰弱的迹象。她写道："你给我的书，使我在开刀的前夕保持了心情的平静；你所描写的幼年以及杭州的一切，使我想起自己的幼年和当时幸福的片段，给这不幸的开刀者增加了不少勇气。既曾有过快乐的时光，当然也该尝尝痛苦的滋味，这样，人生或许还圆满些。住院一个多月，最大的收获，无过于看病友们从呻吟煎熬到健康愉快而出院。幸运的是满载着友情……"抄录至此，我已是满眶泪水。当我读此信时是多么快慰兴奋，为自己得到了这份深厚的友情，更为她在开刀前夕能有如此愉快宁静的心情给我写信。我预祝她的手术顺利，打算在一周后她离开恢复室时就去看她。谁知竟沉疴不起，大夫空施刀圭。她被隔离在恢复室中，无声无息地去了。究竟是何时何刻停止心跳和呼吸，医师们可曾确定呢？她给我的信中，没有丧气，没有忏语，我不相信那样充满仁慈与信心的人会在刹那间便离开人世。她说愿意承当痛苦的滋味，她上了麻药，肉体与精神都没什么痛苦；不堪痛苦的是她的丈夫与儿女，伤心的是她的亲友。她说幸福的是看着病友健康出院，可是她自己却不曾出院。一座医院中，有多少病人病愈出院，却又有多少病人被推向苍白的长廊，送进凄冷的太平间。人生真是如此奄忽吗？我与她相处仅两周，彼此相契不在时间长短，她给我这第一封信也是最后一封信。我因自己再次开刀不能早日去看她，生死祸福岂由得自己把握？想起苏东坡悼友人的诗云："三过门间老病死，一弹指顷去来今。"弹指之顷，幽明异路，东坡是个饱经忧患而悟道的人，我们于无可奈何中也只得以禅理自解了。《维摩诘经》云："起时不言我起，灭时不言我灭。……观身无常，苦空非我，是名为慧。"但愿于病痛忧患中体验人生，不起怨恨憎怒念，以一身所受推悯大众之苦，那就是疾病给我灵魂的启迪了。

算　盘

我童年时代的"电动玩具",就是一架算盘。算盘是阿荣伯收租时用的,后来买了新的,就把旧的送给我了。每天早上,我把算盘翻过来,放在水门汀地上,把《千家诗》《女诫》《孟子》和不倒翁统统摆在里面,用绳子牵着当火车开。火车开到书房,我就得上课了。所以我让火车慢慢儿开,故意绕着弯儿走,算盘在不太平坦的石板路上一跳一跳的,不倒翁也一跳一跳的。我嘴里背着顺口的《千家诗》:"春眠不觉晓,处处闻啼鸟——"心里担忧《女诫》《孟子》没背熟,老师会打人的。有一次,我结结巴巴地背"孟子见梁惠王,梁惠王——"第三个梁惠王还没出来,红木茶杯垫子已经飞过来,正打在我的眉骨上,起了个大青包。我咬着牙没让眼泪掉下来，眼泪一掉下来就会哭个没完，下了课老师就不讲故事给我听了。所以我宁可勤快点把书背熟了，功课完毕以后，老师高兴起来，还会教我打算盘的减法。我已经从母亲那儿学会了加法，她的口诀是"一上一，二上二，三上加五下落二，四去六进一……"从一加到一百我都会。母亲要我学会打算盘，好帮她记账，记账我可真不喜欢呢。

大算盘摆在书桌上，我念一遍书，把子儿推上一枚，手指头顺便点一下不倒翁，不倒翁就笑眯眯地摇摆起来。我也摇摆着背书，等他摇摆完了，第二下又点过去。这样背书，我才不会打呵欠。老师不在时，我就一个人玩算盘棋。左边的六个子儿走到右边，右边的六个子儿走到左边。自己赢了，自己又输了。玩着玩着，就感到寂寞起来。又把算盘翻过来，折一张四方桌、两张椅子放在上面，把它当轮船，不倒翁当船长。推过来又推过去，这样虽也没什么好玩的，却总比作文习大字好。想起大哥在北平，一定有很多很多的玩意儿，他回家时会给我带真正冒烟的小火车小轮船，不倒翁比这个漂亮，还有会眨眼睛的洋娃娃。他写信告诉我，要送我一架闪亮闪亮的黄铜小算盘，那是爸爸给他的十岁生日礼，他常常用擦铜油一擦就雪亮。

可是大哥再没回来，我的玩具仍旧只有这旧算盘。有一次五叔背《赤壁赋》，把"前赤壁"装在"后赤壁"上，老师来不及找棍子，顺手拿起我的算盘扔过去，五叔躲进桌子下面，算盘掉在地上，框子散了，子儿滴溜溜滚了一地。五叔在桌子底下直伸舌头，我就大哭起来。老师绷着脸说："哭什么，我给你修好就是。"老师心里疼我，就是表面凶。两天后，他从城里买来一架崭新的算盘给我，红木架子，牛角做的珠子，好漂亮。他说："你那架太旧修不好了，我给你买新的，你好好学会珠算，将来好当家。"我才不要当家呢，看妈妈当家好苦，一天到晚在厨房里忙，连庙戏都没工夫去看。而且我也不喜欢算术，十担租谷多少钱，一百担租谷多少钱，算它干吗呀？我的算盘是用来玩的，我把吃奶的小猫咪都放在上面推，它跌倒了又爬起来，阿荣伯说跌倒了马上爬起来的是老虎猫。可是老师骂我虐待小动物，气起来就把新算盘锁在抽屉里了。收走了也好，我既然不喜欢学珠算，还是玩我的旧算盘，阿荣伯已经帮我扎好了。

后来到了杭州，妈妈没让带旧算盘。杭州的百货商店里，有各种各样新鲜的玩具。可是我已经是中学生，长大了，大人不给我买，我心里虽想，也只好算了。只是有一回，在一处叫作商品陈列馆的玻璃柜台里，看见一架玲珑小巧的铜质算盘。珠子闪亮闪亮，我陡然想起大哥答应送我的小铜算盘一定就是这样可爱的，我呆呆地钉在柜台前不舍得走，请店员取出来给我看，用手摸摸光滑的珠子，又让他收回去。第二天我又跑去看。那一排商品陈列馆在一幢破旧的楼房里，四面走马廊，空空洞洞，冷冷清清，没有什么生意，这间铜器店也是灰扑扑的，没人过问。我却一直站在那儿看。铜质小烛台、小香炉、小水烟筒，都很好玩，最可爱的还是小算盘。走马廊里冷清清的感觉，使我想起在家乡时一个人玩算盘的寂寞滋味。我想如果大哥不死，我不会那么寂寞，而且我一定已经有了铜算盘了。不知怎的，我眼里充满了泪水，蹋蹋地走回家，始终没有要求大人给我买那架铜算盘，第三次去看时，已经被别人买走了。

如今回想起来，从稚龄到中年，跟我最没缘分的是数字。可是我却喜欢算盘，它在我心目中永远是一件会动的可爱玩具。一个人的时候，我常常拨着子儿听嘀嗒之音，或走着算盘棋排遣寂寞。也常常背母亲教我的口诀，从一加到一百。最可欣幸的是二十多年的公务员生涯，一直不必跟数字打交道。可是人生的机运不得由自己把握，做梦也没有想到，我会在服务公职的最后一年中，被指定每天得手捧算盘审核账目。几十万几百万的数字从账簿上一格格地倒数上去，又从算盘上一颗颗子儿顺数下来。用的仍旧是母亲教的加法，老师教的减法。错一位，全部错，又得重新再加再减。收入账、支出账、传票、支票……头晕眼花中，想起了母亲的辛劳和阿荣伯的勤恳。如今自己也戴上老花眼镜，再也不能像幼年时点着不倒翁背《孟子》，拿算盘当火车轮船开了。何况人来到这世界，就得工作，就有责任，我又怎么能专拣自己喜欢做的事做呢？

　　幸得没等到学会乘除法，我已经届满自愿退休年资了。交卸完了工作，我在办公桌前坐下来，拨弄着沉甸甸的算盘，想起童年时载着不倒翁在石板路上爬行的旧算盘和杭州商品陈列馆里的铜质闪亮小算盘。数十年光阴，如飞而逝。对着这架困人的"公务算盘"，反而有一份依依不舍的亲切之感了。

故乡的江心寺

我的故乡永嘉，有不少名胜古迹，而以城郊江心寺最引我的思乡之情。

江心寺是一座古刹，在城北瓯江中的孤屿山上，是唐懿宗咸通年间所建。它虽是一处具有千余年历史的古迹，但因地处江心，江流较急，且当时没有观光事业这回事，岸边没有装点得雅致舒适的轻快小汽船招揽游客，摆渡全靠缓慢的小舢板，所以去江心寺游览的人并不太多。

我因多年作客在外，每次回乡都只匆匆小住。满以为自己的故乡，游山玩水，正是来日方长，讵料战乱频仍，有家归不得，连闻名天下的雁荡名山，都无缘一游。与同乡们叹息"不游雁荡是虚生"，而像这样虚生的竟不止我一人。所以每看电视中的《锦绣河山》节目，焉得不感慨万千呢。

我游江心寺也只有一次，那是在抗战胜利的第二个月，赶赴杭州前，经过县城，急匆匆去兜了个圈儿。我们搭舢板沿江岸的上游斜着划进，约四十分钟，配合水流向下的速度，正好可漂到岛屿的埠头。一上岸便见繁花杂树，别有天地。抗战期间，永嘉城曾先后被日军占领两次，在军队守卫之下，也时遭日机空袭轰炸，这孤零零的江心寺竟能留一片清净地，未被摧毁，也可说幸运。寺院中僧侣只有十几位，自方丈以下，都是慈眉善目，和蔼可亲。看他们芒鞋短褐，过的是极清苦的生活。建筑也没有像大寺庙那么殿宇轩昂，金碧辉煌。但各处都显得非常整洁幽静，大殿庄严肃穆。最难得的是僧人们那一份款切而脱俗的神情。于炉烟缭绕的钟磬声中，予人以世外桃源之感。

据史载，南宋高宗为避金兵追击，从宁波取道海路至温州，在江心寺驻跸。没想到小小的寺院，曾印有帝王兴衰的遗迹，这是知客僧津津乐道的掌故。寺中有一副即景的对联,是南宋状元王十朋的手笔。凡游过此处者都能记忆。这副巧对是:"云朝朝,朝朝朝,朝朝,朝散。潮长长,长长长,长长,长消。"上联第一三四六八之朝字为朝夕之朝,第二五七之朝字为朝见之朝。下联第一三四六八之长字为长久之长,第二五七之长字为生长之长。中国文字的游戏,可谓极尽巧思。如以今日的观光导游,解说给外国人听还着实不容易呢。

寺的右边是文信国公祠堂。南宋末年,丞相文天祥于国运垂危之际,与陆秀夫、张世杰等在此倡义勤王,不幸兵败,为蒙古人所执而殉国。我乡人为纪念一代忠臣,乃在此建立祠堂供后人瞻仰。我俯仰其间,又望着祠堂前碧蓝的悠悠江水。想起抗战期间有多少烈士殉国,终于争取到最后胜利。对于大义凛然的英雄,越发肃然起敬。

寺僧特为汲取井中清泉,沏一壶香茗敬客。他告诉我们井底的泉水是回旋的,故称"回头水",饮了此水,不但本乡人出外不忘故土,就是异乡游客来此,饮了这一盏清茗,也会生无限留恋之情。

这话一晃眼已将近二十年,二十年中,我无时不望再饮江心寺的回头水,更愿此身能幻化为井底清泉,回旋地流回故乡。

忆姑苏

如果把杭州比作明眸皓齿的十六七岁佳丽，那么古色古香的姑苏就是慵懒的徐娘。她铅华不施，却风韵自存。她名胜古迹虽也不少，却不像杭州的那般吸引人。你如一次再次地去，俯仰其间，也会产生一份知己之感。杭州人说"玩在杭州，住在苏州"，也是一句实在的话。

我在苏州一年，住在中学同学卢君家中。他的房子大而旧，经年不加修葺，矮矮地藏在深巷之中。围墙高，大门低，过大门二门以后，方见回廊曲槛，院落深深，池塘假山，都已年久失修。遇到阴雨天，便给人一种苍凉之感。那幢房子占地数百坪，却只稀稀落落地住着两家十余口，过着与世无争的生活。比起今日的台北寸土寸金，公寓洋楼把人夹在当中，显得局促而渺小，因此也格外怀念那一段懒懒散散的岁月。

苏州的特色是没有汽车，只有铃声叮叮、蹄声得得的马车。全城也没有一条柏油马路。市中心一条最热闹的观前街是用整齐的长方小石块砌成的，平坦光滑。在路边慢慢散着步，绝不用担心"超音速"的五十西西机车或出租车会撕去你一片耳朵或带走你一条腿。观前街因一座冷清清的玄妙观而得名。观里摆着的几处小摊，灰扑扑的，无人过问。比起上海南京路上的红庙，差得太远。倒是观前街的糖果店和小吃馆子很发达，点心如小笼包、馄饨还不及杭州知味观的可口。只有软软的松子糖和玫瑰瓜子，人人都爱。苏州人最懂得消闲，坐茶馆、进澡堂、吃小吃、嗑瓜子，便悠闲地送走一天。所谓早上皮包水（喝茶），晚上水包皮（泡澡）。此外就是打麻将。那种日子，离我们已太远太远。工业社会中的现代人，做梦也别想了。

虎丘是苏州郊区最著名的古迹，山门前有一长方形的池，池边一排两口井，据说这池是老虎的口，井是老虎的眼睛。进山门一条笔直的石子路是虎脊，寺后一座塔是虎尾，整个虎丘山即是一只匍匐的虎。剑池是虎丘胜迹，池旁石壁，宋明雕刻甚多。"虎丘剑池"四字相传原为唐颜真卿手笔。可惜"虎丘"二字年久剥蚀，明朝名雕刻家章仲玉重新钩摹此二字置于"剑池"之旁。苏州人所谓"真剑池假虎丘"即指此处而言。池上有石桥名双吊桥，桥正中有两口井，名为七上八下的双吊桶。据说是西施梳妆时的镜子。游人竞向井口顾盼，可是池里没有水，只有荒烟蔓草，供人凭吊。与剑池相对的是一片平坦的石台，相传吴王夫差葬女，活埋了一千名宫女在此石下，故名千人石。千人石亦即生公说法的台，点头的顽石就兀立在台的对面。

上石阶右转是孝女珍娘墓，再向前是西子浣纱之处。那儿地势颇高，又无溪流痕迹，真不知当年西子是怎样浣纱的。向左转有几块大石，是西子的梳妆台，登石阶最高处是冷香阁，清末南社诗人柳亚子等即于此处结社。早春时节，梅花盛放，冷香入室，登楼品茗，凭栏远眺，整个姑苏城懒洋洋地躺在春阳里。那情景与在杭州城隍山上，望平波似镜的西湖，依稀相似。

城里的名胜是狮子林，假山石堆砌，连绵百余个，进去如入迷宫。台湾的公园还没有这么精巧的建筑。池旁有一条石船，船中舱位布置雅洁，宛如西湖画舫，外形却像颐和园的石船。正中一座大茶厅，游人拥挤，座无虚席。可是比起杭州的平湖秋月，就没那么辽阔的视野了。

我最欢喜的倒是冷落的沧浪亭。此亭是宋代与欧阳修同时的文学家苏子美贬居苏州时，所建的读书游乐之处。因千余年失修，亭池花圃已是一片荒凉。这儿很少游人驻足，与狮子林相比，自有"天寒翠袖薄，日暮倚修竹"的遗世独立的风格。我时常和同学卢君带一包瓜子到这儿来，一坐便是大半天，彼此不说话，默默地领会静中之趣。尤其是微雨天，山石上碧绿的青苔，浸润得你的心更静。

比沧浪亭更为荒凉寂寞的是城外的寒山寺。它也因千余年的失修，已没有巍峨的殿宇，只剩刊着唐人张继"姑苏城外寒山寺，夜半钟声到客船"诗句的石碑，伴随着芳草斜阳。最可惜的是唯一值得纪念的古钟已被日人窃去，现留的只是一口假钟了。何日那富有历史意义的古钟能物归原主，我真想也来一次枫桥夜泊，听一听夜半钟声。

卢与我都信佛，所以对城外的灵岩寺非常向往。灵岩寺建筑宏伟庄丽，是高僧印光法师坐关虔修之处。密室内供有他火化后的舍利子塔，凡欲去膜拜的，必须换去皮鞋，沐手焚香，在塔前顶礼膜拜。据说与佛有缘的，会看见舍利子呈透明的白色或金黄色，否则即呈灰暗色。佛堂里蒲团上有一个印迹，是印光法师多年膜拜，印上的前额油迹。定睛细看，有点像法师披袈裟合十的形象，于是这个蒲团也就成了宝贵的纪念物了。进里一间套间是法师的卧室与读经之处，案头经卷木鱼，拂拭得一尘不染。床上一条席子，一方薄布被，一张木板凳当作枕头。想见佛门弟子苦修的精神。

在苏州一年，因为工作轻松，游玩成了我们的主要科目。几乎没有一个周末，不是跑路跑酸了腿,嗑瓜子嗑破了舌尖。岁月匆匆,与卢君一别二十年,音尘阻绝。古人有云:漫云小别只三年,人生几度三年别。三年尚且不易,那么人生又能有几个二十年呢?

南湖烟雨

南湖在浙江嘉兴南城外，是浙江省风景仅次于杭州西湖的一座名湖。嘉兴位于沪杭甬铁路的交叉点，是兵家必争的"四战之地"，所以抗日战争期间曾遭日军猛烈轰炸。我于抗战胜利后的第二年初夏游南湖。浩劫后的湖山满目疮痍，幽美的江南水乡尚未恢复旧观；如今是何景象，更不可知了。

南湖的特色，是万缕千条的垂柳随风飞舞，飘起了如棉的柳絮，笼罩着湖中央孤零零的烟雨楼。烟雨楼，顾名思义有绵绵不断的烟和雨。所以宜于雨中游，尤宜于暮色苍茫的雨中游。攀登楼上，倚着栏杆，面对郁沉沉的湖水，就有隔绝于尘世之外的感觉。爱繁华热闹的人，宁可游杭州繁花似锦的汪庄、刘庄，不会喜欢这冷清清的烟雨楼的。可是我本来是个爱雨成癖的人，所以特别喜欢烟雨楼的那一份冷清，那一年也是选的雨天去游的。

南湖的船，不像西湖的画舫装点得漂亮，只是简简单单的两把长椅，当中一张小桌也没铺上桌布。我靠在椅子里，叫船娘揭去布篷，让细雨纷纷扑面；湖风吹来，顿觉俗念俱清，真有苏东坡的"一蓑烟雨任平生"的逍遥之感。傍晚时分，湖上除我这孤单的游客以外，还有远处的渔人在捕蟹，近处的小姑娘在采菱。看渔人把撒下的大网渐渐收紧，一只只肥硕的螃蟹都落入篾篓中，对横行的无肠公子，我不禁起一份怜悯之情。螃蟹与菱角都是嘉兴名产，而无角菱尤为南湖特有。采菱的姑娘都坐在木桶中，漂浮湖面，双手在水中轻便地提起一串串带枝叶的菱，采下菱，枝子仍扔回水中。菱有红绿两种：刚出水的脆嫩清香，两角圆圆的，像一只元宝；风干以后呈深褐色，菱肉仍很甜美。湖上采菱，是一幅美丽的图画，可惜我不能把它画下来。

南湖又称鸳鸯湖，据说是因为湖中多鸳鸯而得名。清代的诗人吴梅村有一首《鸳湖曲》，起首四句便把南湖胜景描绘得非常具体："鸳鸯湖畔草粘天，二月春深好放船。柳叶乱飘千尺雨，桃花斜带一溪烟！"

在烟雨楼上，远远看嘉兴的黄昏灯火市，更有一种从冷静中看繁华的超然物外之感。至于如吴诗中所描写的"水阁风吹笑语来""满湖灯火醉人归"的情景，我倒未曾领略，也无心领略，因为我所向往的是凄迷的烟和雨。

西湖忆旧

我生长在杭州,也在苏州住过短短一段时期。两处都被称为天堂,可是一样天堂,两般情味。这也许因为"钱塘苏小是乡亲",杭州是我的第二故乡,我对它格外有一份亲切之感。平心而论,杭州风物,确胜苏州。打一个比喻,居苏州如与从名利场中退下的隐者相处,于寂寞中见深远,而年轻人久居便感单调少变化。住杭州则心灵有多种感受。西湖似明眸皓齿的佳人,令人满怀喜悦。古寺名塔似遗世独立的高人逸士,引人发思古幽情。何况秋月春花,四时风光无限,湖山有幸,灵秀独钟。可惜我当时年少春衫薄,把天堂中岁月,等闲过了。莫说旧游似梦,怕的是年事渐长,灵心迟钝,连梦都将梦不到了。因此我要从既清晰亦朦胧的梦境中,追忆点滴往事,以为来日的印证。若他年重回西湖,孤山梅鹤,是否还认得白发故人呢?

居近湖滨归钓迟

我的家在旗下营一条闹中取静的街道上。街名花市路,后因纪念宋教仁改名教仁街。这条路全长不及三公里,而被一条浣纱溪隔为两段,溪的东边环境清幽。东西浣纱路两岸桃柳缤纷,溪流清澈。过小溪行数百步便是湖滨公园。入夜灯火辉煌,行人如织。先父卜居于此,就为了可以朝夕饱览湖光山色之胜。他曾有两句咏寓所的诗:"门临花市占春早,居近湖滨归钓迟。"父亲不谙钓鱼之术,却极爱钓鱼。春日的傍晚,尤其是微雨天,他就带我打着伞,提着小木桶,走向湖滨,雇一只小船,荡到湖边僻静之处,垂下钓线,然后点起一支烟,慢慢儿喷着,望着水面微微牵动的浮子而笑。他说钓鱼不是为了获得鱼,只是享受那一份耐心等待中的快乐。他仿着陶渊明的口吻说:"但识静中趣,何须鱼上钩。"他曾随口吟了两句诗:"不钓浮名不钓愁,轻风细雨六桥舟。"我马上接着打油道:"归来莫笑空空桶,酒满清樽月满楼。"父亲拍手说"好",我也就大大地得意起来。

西湖十里好烟波

夏夜,由断桥上了垂柳桃花相间的白公堤,缓步行去,就到了平湖秋月。凭着栏杆,可以享受清凉的湖水湖风,可以远眺西湖对岸的黄昏灯火市。临湖水阁中名贤的楹联墨迹,琳琅满目。记得彭玉麟的一副是:"凭栏看云影波光,最好是红蓼花疏,白蘋秋老;把酒对琼楼玉宇,莫辜负天心月到,水面风来。"令人雒诵回环。白公堤的尽头即苏公堤,两堤成斜斜的丁字形,把西湖隔成里外二湖。两条堤就似两条通向神仙世界的长桥。唐朝的白居易和宋朝的苏东坡,两位大诗翁为湖山留下如此美迹,真叫后人感谢不尽。外西湖平波似镜,三潭印月成品字形的三座小宝塔，伸出水面。夜间在塔中点上灯，灯光从圆洞中透出，映在水面。塔影波光，加上蓝天明月的倒影，真不知这个世界有多少个月亮。李白如生时较晚，赶上这种景象，也不至为水中捞月而覆舟了。

六月十八是荷花生日，湖上放起荷花灯，杭州人名之谓"落夜湖"。这一晚，船价大涨，无论谁都乐于被巧笑倩兮的船娘"刨"一次"黄瓜儿"。十八夜的月亮虽已不太圆，却显得分外明亮。湖面上朵朵粉红色的荷花灯，随着摇荡的碧波，漂浮在摇荡的风荷之间，红绿相间。把小小船儿摇进荷叶丛中，头顶上绿云微动，清香的湖风轻柔地吹拂着面颊。耳中听远处笙歌，抬眼望天空的淡月疏星。此时，你真不知道自己是在天上还是人间。如果是无月无灯的夜晚，十里宽的湖面，郁沉沉的，便有一片烟水苍茫之感。

圆荷滴露寄相思

荷花是如此高尚的一种花，宋朝周濂溪赞它

出淤泥而不染。它的每一部分都可以吃。有如一位隐士，有出尘的高格，又有济世的胸怀。所以吃莲花的也不可认为是煞风景的俗客，而调冰雪藕，更是文人们暑天的韵事。新剥莲蓬，清香可口，莲心可以泡茶，清心养目。莲梗可以作药。诗人还想拿藕丝制衣服，有诗云："自制藕丝衫子薄，为怜辛苦赦春蚕。"如果真有藕丝衫，一定比现代的什么"龙"都柔软凉爽呢。倒是荷衣确是隐者之服，词人说："新着荷衣人未识，年年江海客。"我想只要能泛小舟徜徉于荷花丛中，也就是远离烦嚣的隐士了。

写至此，我却想起了荷花中的一段故事。那一年仲夏，我陪着远道归来的姑丈和见了他就一往情深的云，三人荡舟湖上。从傍晚直至深夜，大家都默默的，很少说话。小几上堆了刚出水的红菱，还带着绿色的茎叶，云为我们一一地剥着红菱。她细白如兰的手指尖，与鲜嫩的红菱相映成趣。船儿在圆圆的荷叶之间穿来穿去，波光荡漾中，云娇媚的面容有如初绽的红莲。她摘下一片荷叶，漂在水面，水珠儿纷纷滚动在碧绿的丝绒上。我伸手去捉时，它们就顽皮地从手指缝中溜跑了。云说："谁能捉住水珠呢？"姑丈说："我们不就像这些水珠吗？"她深湛的眼神注视了他半晌，低下头微喟一声，没有再说什么，沉默的空气重重地压着我的心。想想他们这一段无可奈何的爱，将如何了结呢？云捡起一支藕，双手折断，藕丝牵得长长的，在细细的风中飘着。她凝视一会，把藕扔在水中，藕丝是否还连着，我就看不清楚了，只看见云的眼中满是泪水。

对岸五彩霓虹灯在闪烁，岸边的世界依旧繁华，我们的船却漂得更远了。到了西泠桥边，冷清清的苏曼殊墓显得更寂寞。这位"才如江海命如丝"的情僧，纵然面壁三年，又何曾斩断情丝？否则他就不会吟"还卿一钵无情泪，恨不相逢未剃时"的诗了。那时，我还是一个单纯的高中学生，可是"人间情是何物"，却已困惑了我，使我为旁人而苦恼。

我们舍舟登岸，从湖堤归来，三人并肩走在柏油马路上。尽管荷香阵阵，湖水清凉，我的心却十分沉重，相信他们的心比我的更重。姑丈忽然拍拍我的肩说:"希望你不要去捉荷叶上的水珠,那是永远捉不住的。"他这话是对我说的吗?

桂花香里啜莲羹

中秋前后,满觉垄桂花盛开。在桂花林中散步,脚下踩的是一片黄金色的桂花,像地毯,软绵绵的,一定比西方极乐世界的金沙铺地更舒适!浓郁的桂花香,格外亲切。我那时正读过郁达夫的小说《迟桂花》,文人笔下的哀伤,也深深感染了我。仿佛那可爱的女孩,正从桂花丛中冉冉而来。

桂花林中还产一种嫩栗,剥出来一粒粒都带桂花香。满觉垄一路上都有小竹棚,专卖白莲藕粉栗子羹。走累了,坐下来喝一碗栗子羹,顿觉精神饱满,齿颊留芬。

母亲拿手的点心是桂花枣泥糕,所以我每回远足满觉垄,都要捧一大包撒落的桂花回来,供她做糕。留一部分晒干和入雨前清茶中,更是清香可口。

不知何故，桂花最引我乡愁。在台湾很少闻到桂花香，可是乡愁却更浓重了。

同来此地乞清凉

我们的母校之江大学，是大陆闻名的名胜之一。它位于钱塘江边，六和塔畔，秦望山麓。弦歌之声，与风涛之声相和，陶冶着每个人的襟怀。

清晨的江水是沉静的。在山上，凝眸远望，江上雾氛未散，水天云树，一片迷蒙。晨曦自红云中透出，把薄雾染成粉红色的轻纱，笼罩着江面。少顷，雾氛散开，江面闪着万道金光，也给你带来满腔希望。

沉静的江水，也有愤怒的时候，那就是月明之夜的汹涌波涛。尤其是中秋前后，钱江的潮水，排山倒海而来，蔚为奇观。海宁观潮，不知吸引了多少游客。传说钱江的潮头有两个，前面的是伍子胥，后面的是文种，春秋时代的两位忠臣，把一腔孤忠悲愤，化为怒潮。吴越王钱镠曾引箭射潮，却不曾把潮头射退，称雄称霸者又何能敌得过大自然？

六和塔是杭州三大名塔之一，另两座是保俶塔和雷峰塔，都是五代十国至北宋时期的建筑，一俊秀，一苍劲，故称为"美人老僧"。雷峰塔因为有法海和尚镇压白蛇在塔下的故事，所以更带神秘性。而塔因几经火灾已倒塌大半，据说赭色的残砖可以治疗痼疾，游人往往带回一块半块。残缺的古塔，在斜阳映照下，更显得一片苍凉，"雷峰夕照"也就格外地引人低回。我比较喜爱的还是六和塔，因为它接近人间：朱红的曲槛回廊和六角飞檐，点缀在波涛壮阔的钱塘江边，更配合年轻人的心情。塔在外表上看去是十三层，登塔却只七层，设计非常巧妙。塔下有许多竹棚摊贩，学生们每天都成群结队来小吃，再买点零食，爬上塔顶边吃边唱歌。虽比不上"振衣千仞冈，濯足万里流"的气概，却也真自由自在。从六和塔沿着钱塘江走两三里路，便是九溪十八涧。在九溪茶亭坐下来小憩，沏一壶清茶，买一碟花生米，一碟豆腐干，真有金圣叹说的鸡肉味。山泉清冽中带甜味，溪水潾潾，清可见底。我们常赤脚伸在水中，让小鱼儿吻着脚趾尖。十八涧的美在乎自然，几处茅亭竹屋，点缀于曲折的溪边。假日游人也不多，不像台北近郊的名胜，处处人挤人，想找个座位休息一下，都很难得。使我格外思念那些悠闲无争的岁月，也使我念念不忘老师的四句词："短策暂辞奔竞场，同来此地乞清凉；若能杯水如名淡，应信村茶比酒香。"真是悟道之言。处于今日繁忙的工业社会中，每日被分秒的时间所追赶，身心疲乏不堪。真想暂时离开奔竞之场，可是教从何处乞得片刻清凉呢？

枝上花开又十年

花园别墅，亦为西湖点染了不少风光。其中给我印象最深的是刘庄，它是香山巨贾刘问刍的别墅。里面台榭亭池，回廊曲槛，建筑得十分富丽。只是平时不轻易开放，尤其是学生旅行到此，看守园门的就把大花厅的四面玻璃门紧紧关闭，我们只能把鼻子贴在彩色玻璃窗上，向里面张望华丽的陈设，羡慕不已。有一次，我随着父母一同去游玩，父亲通报了姓名，看门的特地延入内厅，还请出女主人来接待贵客，对我这黄毛丫头来说，简直是受宠若惊。我走进雕梁画栋的客厅，不由得目迷五色，因为一切的陈设实在太讲究了。桌椅都是成套紫檀木镶大理石，油光雪亮，几案上的各种古玩和壁间的名人字画，使爱古玩字画的父亲都露出万分欣羡的神色。墙角的花架都是苍老的树根雕成，显得格外典雅宜人。庭院中种满了奇花异卉，春日百花盛开，倒也有一片欣欣向荣的气象。父亲说因为庄园主人去世多年，花木再茂盛，也赶不走那一股阴沉冷落之气，尤其是秋冬以后。这位庄主生前极懂得享受，所以为自己建了偌大一座别墅，而且娶了八个太太，他何曾想到树倒猢狲散，身后红粉飘零的悲哀？在庄的旁边是他的坟墓，全部是文石砌成，其豪奢不亚于古代帝王。前面一字儿排着八个墓穴，是他为八个太太筑的生圹，上面刻着他自撰的《生圹志》。可是八个墓穴好像还空着六个。出来招待我母亲的是两位刘太太，却不知她们排行第几，年纪看上去都是四十尚不足，三十颇有余。她们一色的黑绸旗袍，淡扫双眉，薄施脂粉，皮肤都非常细洁，颈后挽一个低低的爱司髻；珍珠耳环，钻石戒指。如此一对如花美眷，长年伴着一座冷冰冰的孤坟，使我立刻想起徐訏的《鬼恋》。幸得她们神情并不淡漠，与母亲说话，语调非常亲切。母亲不便与她们多谈，我却恨不得问她们："你们害怕吗？将来打算葬在这个墓穴里吗？为什么不进城里跟亲戚朋友住在一起呢？"我那时太年轻，哪儿懂得人世间许多傻事。这两位美丽的未亡人，守着偌大的庄园，守着她们死去的丈夫，一年年春去秋来，花开花谢，她们真个是死灰槁木，看破红尘吗？人世的富贵荣华、浓情蜜意都是过眼烟云；建造这八个墓穴的刘庄主人，才是真正的大傻瓜呢！"如梦如烟，枝上花开又十年。"满园姹紫嫣红，给人的感慨又是如何？

青山有幸埋忠骨

岳王坟是我们学生春秋季旅行必游之地。岳王是宋代的英雄岳飞，殿门前一副对联是："青山有幸埋忠骨，白铁无辜铸佞臣。"生铁铸成的秦桧夫妇像，就跪在墓前。游客们都叫孩子便溺在秦桧与秦桧婆身上，这固然表示对奸臣的痛恨，却是有碍公共卫生的。加以号称丘九的学生，蔗渣果壳扔了满地，使一座庄严的殿宇，显得嘈杂凌乱。倒是南端的张苍水祠，游人少，反有一份肃穆之气。张苍水和郑成功都是英雄，兵败不屈而死，杭人乃立祠祭之。

我国民族最重气节。宋明两代的英雄，留给后代的典范尤多。这正是中华民族所以能永远兀立于世界，而且将日益强盛的主要原因。

林泉深处谒如来

杭州的古刹，我最喜爱的是里西湖的灵隐寺。因为它离城区较远，格外清幽，是夏天避暑的胜地。每年暑假，我都陪父亲去灵隐。父亲是为了"逃客"和找老衲谈禅，我是为了享受坐马车的乐趣。沿着柳荫夹道的苏堤，马蹄得得中，可以饱餐湖山秀色。那一份悠闲的情趣，离我已很遥远很遥远了。每当出租车载着我在台北街心横冲直撞时，我就更怀念苏堤上的马车。

灵隐山为葛洪隐居之处，故又名仙居山。东南面的山峰就是有名的飞来峰。峰下清泉寒冽，泉边有亭名冷泉亭。有一副对联是："泉自何时冷起，峰从何处飞来？"另一副却回答道："泉自冷时冷起，峰从飞处飞来。"煞是有趣。在冷泉亭里，泡一壶龙井茶，手中一卷书，就可消磨竟日。方丈款待我父亲的，据说是市面上买不到的上品清茶。大概就是彭玉麟联句中的"坐、请坐、请上坐，茶、泡茶、泡好茶"的好茶了。父亲那时已非达官贵人，只是和老和尚谈得非常投契。老和尚将八十的高龄，精神非常健旺。我问他怎样修行，他指着寺前巨大的弥勒佛像，叫我念旁边的对联："大肚能容，了却人间多少事；满腔欢喜，笑开天下古今愁。"他说："懂得此中妙理，便是修行。"父亲笑着点点头，我小小年纪，哪儿懂得呢？

寺旁罗汉堂里有八百尊罗汉，每尊塑得神态不同。游客可以选择任何一尊罗汉，向左或右数，数到自己的年龄数字时就停止：如果是一尊慈眉善目的罗汉，就表示你是个好性情的人；如果是一尊竖眉瞪眼的，就表示你脾气火爆。记得我数过很多次，常常数到一尊眼睛里长出手、手心里捏着亮晃晃珠子的，不知象征的是什么。

一生知己是梅花

宋朝的林和靖，在杭州选择了他的隐居之处，那就是里外湖之间的孤山。他性爱梅花，曾手植三百多株梅树，并依梅子的收成维持简朴的生活。于是依山傍水，绕屋倚栏，尽是梅花。他的咏梅名句不少，最脍炙人口的当然是："疏影横斜水清浅，暗香浮动月黄昏。"他又养了几只白鹤。每当他外出时，如有客人来访，童子就放起白鹤，翱翔空中，他一见到白鹤，就知有友人来了。这位妻梅子鹤的林处士，真是懂得生活的情趣。可惜的是这样好的名胜，却被后来一条博览会木桥破坏了。大约是民国十七年，杭州举行了一次博览会。在里西湖边上盖了一座大礼堂，大礼堂对面，一条红木长桥直通孤山，破坏了孤山的宁静。抗战胜利后，长桥已被拆除，孤山又恢复了往日的幽静。那时，浙江大学暂时迁到平湖秋月附近的萝苑，我就时常随一位老师穿过对面的林荫道，散步去孤山。冬天，湖上没有一只小船，放鹤亭边，梅花盛开。我们坐在亭子里的石凳上，灰蒙蒙的天空，渐渐飘起雪花来，无声地飘落在梅枝上，白成一片。当时想起杭州沦陷于日军时，我们在上海，老师曾有词云"湖山信美，莫告诉梅花，人间何世"。后来湖山光复，我们又能回来赏梅，心中自是安慰。我们望了很久，才踏着雪径回到老师住的临湖暖阁中。他伸手在窗外的梅枝上，撮来一些雪花，放在陶瓷壶中，加上红茶，在炭火上煮开了，每人手捧一杯香喷喷热烘烘的茶。他兴致来了，立刻呵冻挥毫，画了一幅红梅。我也乘兴在空白处写上两句词："惜取娉婷标格，好春却在高枝。"

我们默默地望着湖上的雪景、雪里的梅花，吟起古人"有梅无雪不精神，有雪无诗俗了人。日暮诗成天又雪，与梅并作十分春"的诗句，才懂得林处士为何愿意终老是乡了。

旧家山都是新愁

有人认为西湖风景，清新有余，壮丽不足，我却以为西湖无一处不令人流连忘返。若移来此地，都成奇景。痛心的是如今忽忽竟已二十年。想想看，人生能有多少个二十年？但愿我们每个人都能回到他梦寐中的故乡。那时，我又可以细雨轻舟，垂钓于西湖之畔了。

金门行

江山如画

在明亮的阳光与爽朗的海风中，翠绿的浓荫，明媚的湖光山色，整洁的市街，在车窗外一幅幅移动着，我不禁迷惑起来，我是在台北的碧潭吗？在高雄的澄清湖吗？还是在故乡杭州的西湖之畔呢？

南盘山的虚江啸卧处，是明朝都督俞大猷的游息之处，亭已拆除，而"如画""砥柱"等石刻都已重镌。我不由吟起苏东坡"江山如画，一时多少豪杰"的名句，对这位管领壮丽河山的英雄人物，悠然神往。虚江是俞大猷的别号，他是一位讲道论学的大儒，却与戚继光同平倭寇。用兵之际，动合机宜。有如东坡赞叹诸葛武侯"谈笑间，樯橹灰飞烟灭"的气概。他闲来与士大夫论学吟诗，啸傲于此。他的门人杨宏举写了一篇《虚江啸卧亭记》云："先生喜诵范文正先忧后乐之语，慨然慕敬之。啸卧岂曰暇逸哉，必不然矣。"含意极为深远。想见先生当年寓韬略于暇逸之中，从容不迫的风度。杨宏举复有赞云："汪洋沧海，波浪怒来，我有片物，挥之使回。"是何等气概。我反复吟哦，此心似于汪洋沧海中把握了点什么。

　　虚江啸卧的北面是文台古塔。它是明代的建筑，有点倾斜，却历炮轰而屹立不倒。当年是海上航行的灯塔，数百年后的今日，它仍是光明指标。我拾级而上，站在塔基磐石上仰望塔尖，俯瞰辽阔的海面，吟古人"百战功横海，将军气未降"之句，自觉胸臆间有一股郁勃之气，可以上接古人。光辉的历史，给后代的启示，使我们有充沛的智慧与力量，继往开来。

水风清　晚霞明

倚着古岗楼上的曲槛回廊,俯视似镜的平湖中,彩霞浮动,鱼儿也在与远来访客同享优游之乐。风,微微地吹,掀起了粼粼涟漪。远处的山峦,近处的田野,一味的绿。绿,浸入心田深处,使你感到那么安详,那么沉静。我捧着一盏香茗,默无一语地对着这幅美得出奇的图画,深深领悟到了,蕴蓄在这份安详沉静之中的坚强与刚毅。古人说:"文章是案头之山水,山水是地上之文章。"而这篇文章,是由金门的一寸土、一滴汗、一滴泪抒写而成的。"水风清,晚霞明。"正是金门意定神闲的写照。这是一份持久永恒的力量。

古岗湖是天然湖泊,与太湖的出诸伟大神功,又是一番景象。我悠然吟起朱晦庵的诗:"半亩方塘一鉴开,天光云影共徘徊。问渠那得清如许?为有源头活水来。"闻说蒋介石极爱此处天然景色,故命建此楼,使军民得以揽镜澄湖,放怀沧海。

鱼跃海中天

在朱子祠中，欣赏词句典雅如昆曲的南管乐。悠扬顿挫的管弦声令人发思古之幽情，金门民风的古朴凝重，实在是由于受朱子教化的影响。祠堂正中朱子遗像是钱穆夫人所画，两边有朱子遗墨，"鸢飞月窟地，鱼跃海中天"。一副对子。朱子是宋代大儒，我国文化史上的大贤人。钱穆先生说："学朱子就是学他怎样做人，怎样做学问。"说得浅近切实。汉儒谓："仁之为言，人也。"解说孔子的"仁"字，就是做人的基本准则。

朱子治学精神，对后世启迪尤深。他为学首在读书，他自谓"少而鲁钝"，故专心做困学功夫。他主张"致知格物""居敬穷理"，也是知行并重。居敬便是行，穷理便是知。理中自有仁义礼智。宋明理学虽分程朱、陆王二派，主要的仍都在知与行上下功夫。王阳明主张"致良知""知行合一"，他说"未有知而不能行者，知而不行，只是未知"。二派差别，只在由外而内与由内而外的程序上不同。终极目的都在"明心见性"，陆象山自谓"简易工夫终久大",讥讽程朱"支离事业竟浮沉"。好像是两不相谋。可是朱子曾请陆象山在白鹿洞讲学,足见得他们讨论学问的儒者之风。"鱼跃海中天"也可以借来描写一位大贤哲的胸襟吧。

静静的心庐

阳明公园中有一处静静的心庐小筑。隔着澄明的湖水,与阳明亭遥遥相对。斜阳外,浓荫里,我仿佛听到琅琅书声。此处宜读书,亦宜垂钓。主人说:"一支钓竿,一卷《传习录》,可于闲适中领会阳明哲学。"我于是想起阳明先生的一首诗:"问君何事日憧憧,烦恼场中错用功。莫道圣门无口诀,良知两字是参同。"他认为:"良知即是独知时,此知之外更无知。"颇接近于《华严经》的"世间一切法,但以心为主"。他虽偏重唯心,但强调"身体力行"与"知行合一",故并不空疏。

儒家哲学便是力行哲学。孔子赞颜回"一

箪食，一瓢饮，居陋巷，人不堪其忧，回也不改其乐"，颜回所乐的并不是箪食瓢饮与陋巷，而是道。

在心庐前，对着澄碧的湖水，沉思良久，举首望亭亭绿树如云，想起二十年来金门的建设，单讲绿遍全岛的六千万棵树，就可以想得到力行哲学所发挥的力量之大了。

胆瓶留取十分春

在陶瓷器的门市部，我对着琳琅满目的艺术品，痴呆呆地不忍离去。在彩色画片上，我还看到一群青年男女，在用彩笔描绘陶瓷器，一幅幅美妙的图画，从他们宁静的心灵中流出。人不能一天二十四小时、一年三百六十五天都在剑拔弩张之中，唯有真正懂得轻松悠闲的人，才能经得起紧张的考验。诸葛武侯羽扇纶巾，延平郡王太武山弈棋，充分表现了大战略家指挥若定、从容不迫的气象。艺术培养闲逸的情趣，也锻炼刚毅无畏的心灵。艺术的最高境界可以到达如庄子所说"大泽焚而不能热，河汉冱而不能寒，疾雷破山风振海而不能惊"的地步。

我捧着一只蛋青色绘山水小花瓶，爱不释手，想买又怕途中碎。继而想，古人说的："山林是胜地，一营恋便成市朝；书画是雅事，一贪痴便成商贾。"我还是将此美好光景永留心坎，又何必定要购而置诸案头呢。

风趣的主人毕竟送我们每人一只宝蓝绘金色梅花大花瓶，让我们带回一份金门的绿、金门的春。

心香一脉

海印寺是宋咸淳年间所建。这座古刹的殿宇虽不大，而炉烟缭绕中，自有一份肃穆气氛。寺中有一口铜钟，是清光绪年间旅日侨商所铸赠。钟上横刻"金声玉振"四字，直刻"南无阿弥陀佛"六字。据说此钟一鸣，声闻三十里。金门居民大都信佛，正月间络绎上山进香，想见在洪亮的钟声中，顶礼膜拜的盛况。金门不但有佛寺，也有天主教堂、基督教堂。在大清早,可以听到远处悠扬的钟声传来,使人精神振奋。

海印寺以七百余年古刹,至今香烟愈盛,不是没有原因的。

第二辑

茶与同情

"谷雨乍过茶事好，鼎汤初沸有朋来。"这是文徵明题画的两句诗，他画的是山水之间的一座茶棚，那悠闲的意境令人神往。虽然现在不是谷雨乍过，而已经是立夏以后，但正为到了夏令，亚热带的夏又是特别长而且燠热，我真想在溽暑中有那么一座小小的茶棚，位于青翠幽远的山凹，淙淙的小溪之畔。让过往的行人有一处驻足之所：这里有芬芳扑鼻的清茶，更有大自然优美的风景。

疾雷暴雨中，我们可以到这里来躲避；淡月疏星的夜晚，我们可以来此乘凉。二三知己，一盏清茗，躺在竹椅上就可以天南地北地畅所欲言，那是多么舒适的生活情趣。

可是在十丈红尘扑面的都市中，到哪儿去找

这么个幽雅的小茶棚呢？

　　过分忙碌紧张的生活，有时真会使人的心情不宁，甚至忧郁悲观。我常听到人这样埋怨着："啊呀！我简直成了一架机器，连思想都没有了。我变得这么迟钝而且庸俗，灵感远离我而去，想看点书都静不下心来，想和朋友谈谈也没有时间。朋友们也许都腻烦我的唠唠叨叨了。"我自己就有这种经验。我是个职业妇女兼家庭主妇，有时遇到女佣走了，工作、家务、孩子，忙得我转不过气来时，我的心情就变得非常恶劣，不禁感到生活是如此的匆忙而乏味。我多么渴望友情的温暖与鼓励，多么渴望有一座远离尘俗的小茶棚，让我坐下来喘息一下，向朋友们诉说我的困难与烦恼。

　　一次又一次，好像度过许多阴晴不定的困人天气，渐渐地，我能够适应了。我还从其中领略得一点乐趣——忙里偷闲的乐趣。那就是说，无论怎么忙，要保持一份心情的宁静。今天该做的事今天做，明天的留待明天再忙。然后坐下来，捧起一杯清茶，慢慢儿地饮啜着。愉快地阅读一本书，哪怕是几行几句都好。翻翻贴相本子，整理一下书桌抽屉，取出朋友的信札来重读一遍，或是给朋友通个短短的电话，如果彼此都方便的话。再不然，就凭着窗儿沉思默想一会儿。这样，紧张的神经自会松弛下来，感到周遭的一切事物，都充满盎然生意。而我想见的朋友，她们的声音笑貌，也都一一浮现在我眼前了。

我以为，这就和憩息在风景幽美的小茶棚里，一样地感到心神怡悦。

这座茶棚，无待远求，它就在我们自己的方寸灵台之间。当我工作疲劳，心情欠佳时，我就丢下一切，来到这里，喝着清茶，与朋友们做一次精神上的会见。我以心语向朋友诉说，我也似乎听到朋友们的娓娓清谈，感受到她们的拳拳挚谊。于默默中，我深感与朋友之间的情意相契，欢乐交流。这座心灵上的小茶棚里，永远有朋友在等待我，不受时间空间的限制，我随时都可以和她们会晤。

清茶比酒香，我时常有此感觉。因为酒使人兴奋，茶却令人宁静。记得以前与好友同读张潮的《幽梦影》。低回再三,为之陶醉。现在我也来续几句:"饮酒如对豪友,服药如对畏友,啜咖啡如对趣友,调冰如对俊友,品清茶如对逸友。"在心灵的茶棚里,让我们无拘无束、悠闲自在地纵谈古今。我们会觉得"眼前一笑皆知己,举座全无碍目人"。那该是多么轻松愉快的情景呢!

翡翠的心

在一本小册子里读到这么几句发人深省的话:"爱尔兰地方素来多雾,因而获得翡翠岛的雅称,什么时候我们遭遇到悲哀的雾,我们必定会有一颗翡翠的心。"

"翡翠的心"四个字真美。它必然是玲珑剔透,散放闪烁的宝光,使阴沉的雾氛,转变为绚灿的彩霞。佛家说:"心如摩尼珠,随物现其光彩。"我想也是同样的意义吧。

无论多么幸福的人,都会有被"悲哀之雾"笼罩的片刻。因为忧患、苦恼、惊险、困厄是生命过程中不可避免的。正唯如此,才愈益显得生命的可贵,生活的壮美。大哲人歌德曾说:"人莫不在悲哀中吞咽着眼泪。"他又说:"生活无论如何总是美的，所以任何生活都可以过，但求不失却自我。""不失却自我"，就是能把握自己的心，即儒家所谓的"造次必于是，颠沛必于是"的功夫。王阳明先生说："只存得此心常见在，便是学。过去未来事，思之何益？徒放心耳。"也是此意。能把握这颗心，则苦难的环境，不但不会使我们怨恨失望，反将因而获得更坚强的信心。诚如信徒们说的："灵里的快乐没有轻便的快乐。上面都带着发光的疤痕。快乐是得胜心灵痛苦的结果。"

世路崎岖，人事多变，生逢乱世，尤不免有无常幻灭之感。可是要知道一切都是相对的。欢乐与悲哀，平安与困厄，幸福与穷愁，固然由不得我们自由选择，但造物者对我们的赐予却是公平的。于忧患备尝之余，哪怕是片刻的欢欣幸福，对于心灵的感受即属永恒，而永恒亦即无常幻灭的相对。苏东坡说："自其变者而观之，则天地曾不能以一瞬，自其不变者而观之，则物与我皆无尽也。"可见万事都在我们怎么看就是了。

一天里有风雨阴晴，一年里有花开花谢，一

生中有悲欢离合。如果不如此，试问人生还有什么情趣呢？培根说，人生没有哭，就不会有笑。小孩一生下来就哭，以后才学会笑，如果不哭，就不会懂得笑的快乐。也就是这个道理。一个匠心独运的画家，他一定懂得如何用灰与黑来陪衬鲜明的画面。一个有涵养的音乐家，不会只作些欢乐轻松的曲子，因为沉咽的哀调尤足以传递人们的心声。由此可知，相反正所以相成，于矛盾冲突中求调和，就是生命的奥秘。

中国人的人生哲学，是儒家与道家思想的混合。老子的"大智若愚，大巧若拙"，与庄子的《齐物论》，就充分发挥了相对的理论。而孔子的中庸之道，便是在矛盾中求调和。庄子说："知不可奈何，而安之若命，唯有德者能之。"孔子说："逝者如斯夫，不舍昼夜。"足以看出两家处世态度在表面上虽不同，而其终极仍是一致的。因为"安之若命"虽似消极，骨子里却是一种沉默、坚忍的抗拒。而儒家那种不舍昼夜的努力，也未始不知道逝者如斯的无可挽回，而仍发挥他知其不可为而为的精神。

固然,横逆之来临,绝不是一件好玩的事,更不容身受者有隔岸观火的看法。但正因如此,我们必须锻炼自己,在心灵上有一个知其不可避免而必须面对危厄的准备。信徒们祈祷不是为求在一生中免去困厄,而是祈求力量克服困厄。于是,处逆境乃能意定神闲,不以险夷置胸间,反能坚强地、勇敢地化险为夷,转忧为喜了。

忧患足以富裕人生,一颗饱经忧患的心,一定是温柔敦厚的,它像一颗饱满的蓓蕾迸裂为芬芳的花朵,使荒芜的世界,充满美丽的希望。一本小说里说:"眼因流多泪水而愈益明清,心因饱经忧患而愈益温厚。"此话真值得我们深深体味。日本文豪厨川白村说,文学是苦闷的象征。没有离愁别恨就不会产生可歌可泣的诗篇。中国也有句话——文穷而后工。此杜甫诗、后主词之所以卓绝千古也。佛家说:"若无烦恼便无禅。"所谓禅,就是解脱苦恼,领悟生命的真谛。我们试看苏东坡这位豪放洒脱的诗人,他的诗词多写禅理,未始不是从他苦难的贬谪生活中体会出来的。他能超脱忧患,却又不是太上忘情。所以尽管他说"存亡惯见浑无泪",却仍旧有"十年生死两茫茫,不思量,自难忘"的凄恻缠绵之句。南宋的陆放翁,大家都知道他是位爱国诗人。他痛国家的偏安之局,发而为诗,其慷慨激昂之音,令人一唱三叹。而晚年对爱人唐蕙仙却不能忘情,因而有"梦断香消四十年,沈园柳老不吹绵,此身行作稽山土,犹吊遗踪一泫然"的肠断之句。可见坎坷的际遇,有时正所以成就千古不朽的著作。

生命是短暂的,在短暂中却充满了悲壮的诗篇。泰戈尔说,让你的生命在时光的边缘上轻回地舞蹈着,好像露珠在树叶上抖颤。于是我又想起那美丽的四个字——翡翠的心。我们是否能磨琢出一颗翡翠的心,使智慧的灵光,透过朦胧的"悲哀之雾"呢?

哀乐中年

人生之有老年，有如时序之有寒冬。洁白晶莹的霜雪，象征着饱经欢乐忧患以后坚贞的情操。如今我更要说，中年，正是步向老年以前的一段最幽美最值得留恋的宝贵时光。

"哀乐中年"是充满了诗情酒意而又微带感伤的四个字眼。中年人的心灵似乎比较脆弱敏感，而许多感触，又都只放在心里不愿说出来。诗人说："中年只有看山感，西北阑干半夕阳。"在夕阳无限好中，青山满眼，独自倚着栏杆，其感触岂是笔墨所能抒写得尽的？所以也只有学着辛稼轩的"欲说还休，却道天凉好个秋"了。

我觉得，中年的滋味固然带点酸辛苦涩，而这一份酸辛苦涩却是隽永的、淡远的。就如啖橄榄以后，余香在口，值得人细细品味。少年人的感情是奔放的，眼泪是滂沱的，而中年人的感情是蕴藉的，泪水是清明的。少年人对于横逆与不如意有一份反抗的心理，中年人却多半能默默地承受。中年人常抱有一颗虔诚的心，对于坎坷的境遇不抱怨，也不畏缩，却有着顽强的心力去承当它。中年人比较和平、宽大、深远而富于幽默感。他已越过了乱流急湍而趋向长江大河。他也像一泓深沉澄清的秋水，风行水面，虽然也掀起一层细细的涟漪，而天光云影，两共徘徊，他的深处依旧是静止的。由此足以见得中年生活的丰富了。

五代词："如今却忆江南乐，当时年少春衫薄。"少年时许多赏心乐事，到中年回忆起来，也许会笑，也许会哭。可是不论哭或笑，都比身历其境时更美。纪德说的："有笑的一刻，必然有忆笑的一刻。""忆"，固然会带给你些微的怅惘，轻淡的哀愁，可是这一丝丝怅惘却适足以富裕人生，澄清心灵，增加智慧。它使你领略到生活的壮美，更使你懂得天地间的一条真理——爱。

所以中年人的心是仁慈的，温厚的，他有着饮酒将醉未醉的境界，洒脱飘逸，看似不认真、不执着，却绝不至有失分际。

入中年如访名山古刹，听鸟语松声，回首羊肠小道，不觉拈花微笑，怡然自得。近年来，我亦渐悟得此中真趣。过去生活中那些痛苦、怨恨、惊险的日子，回忆起来，都使我充满了感谢。因为那一切使我明了：人生并不全是苦恼的，只不过偶尔有些苦恼的时日，这些苦恼，却足以纠正自己的过错。对一切的人和事，我都满怀希望，我像是游倦了姹紫嫣红的花圃，徜徉于红叶满眼的秋山。深邃的山径中，有着一派肃穆的美，我向往傲岸于霜风中的红叶。

记得年轻时见母亲颦蹙的容颜，就要问她："妈，什么事使你不快乐了？"她回答我一个浅笑说："等你年纪大点就知道了。"我不能再问，只觉得母亲悲喜无端。及至二十岁以后，孤身负笈上海，于孤寂中给母亲写了一首《金缕曲》，内有两句："总道亲眉长不展，到而今我亦眉双聚。"母亲来信说："为你这两句，我整整流了一夜的泪。"其实我当时又何尝知道母亲的忧思，只不过是想念母亲的一点童稚之心。现在想想，如母亲还在世的话，我就可以和她老人家互诉心曲，彻夜不眠了。因为我已经是中年，也更懂得母亲的心了。

在杭州读书时，尝采集鲜花嫩叶，排成美丽的图案，订成一本小小的手册。在第一页，老师为我写上两句词："留予他年说梦痕，一花一木耐温存。"这本心爱的手册，于离乱中遗失了。时隔廿余年，那点点滴滴斑斓的梦痕，却在心头浮上更鲜明的印象，我才深深领略得"一花一木耐温存"的隽永滋味了。

我生平永不能忘怀一幕幽美的情景：在抗战期间，我避乱深山，有一个深夜，忽然听说日军来了，我们于朦胧中陟山逃难。在万分惊险中，忽抬头见一轮明月，低低地坠在半空中。深山清晨的雾氛，使月亮变成金红的琥珀色，在眼前晃动着。我一时忘却后面的敌人，只想伸手掬取那一团玲珑的琥珀，置诸怀袖之中。在那一瞬间，我忘却了人世间一切的烦恼丑恶，我心中只有一个感受，就是宇宙太美了，太神奇了。这种美和神奇，是可以化丑陋与罪恶于乌有的。这是一种永恒的感受，直到如今我不会忘记。而且现在回味起来，那一轮近在咫尺而又远不可接的月亮，那一份超越于现实人生的美，正如同入中年而回顾多彩多姿的少年生活。

韶光的消逝是无可奈何的事，虽然是"春归何处寻无迹"，却为什么不想想"月到中秋分外明"呢？

谈含蓄

后汉时的黄宪，一生无所著述。而当时最负声望的郭林宗，曾叹息地说："叔度汪汪若千顷陂，澄之不清，淆之不浊。"对于他的人格风度，钦佩到万分。无怪李膺说，如果叔度（黄宪的号）在世的话，他连官都不敢做了。而同郡的戴良，每次见了黄宪回来，就嗒然如有所失。我们可以想见黄宪的人格，一定使得凡接触到他的人，都如坐春风中而不自觉地受了感染与熏陶，这岂是常人所能仰望的呢？

相反地，有的人却因为锋芒太露，或太好表现，结果竟至不得善终。像三国时的杨修，就是因为过分卖弄聪明而遭曹操之忌。那句"丞相非在梦中，君乃在梦中耳"的话，就断送了他的头颅。东晋的嵇康是个疾恶如仇的大文豪，可惜他也是太锋利了。有一次钟会去看他，他不屑于理他，只顾自己打铁，钟会一气，拂袖而去，他又故意问他："何所闻而来？何所见而去？"钟会气呼呼地说："闻所闻而来，见所见而去。"就此，嵇康招来了杀身之祸。

庄子说："巧者劳而智者忧，无能者无所求，饱食而遨游，泛若不系之舟。"这是战国时代的人生哲学，用在今天是不合时宜的。可是"巧者劳而智者忧"仍是颠扑不破的真理。人往往过分斗心智而弄得心劳日拙，到头来不但占不了上风，精神上反而一无所获，甚至于众叛亲离。所以"巧""智"要用得恰到好处，一过分就不免于劳忧了。苏东坡是最懂得此中三昧的人，他有一首咏琴的诗说："若言琴上有琴声，放在匣中何不鸣？若言声在指头上，何不于君指上听？"这虽不合于常理，但他只是拿弹琴来做个比喻，见得他处世做事的不强求，不好表现。这也就是陶渊明所谓"但识琴中趣，何劳弦上声"的无弦琴的道理了。

中国的书法有所谓藏锋不露，国画也有意到笔不到的妙境。这也是含蓄的道理。古人诗词尤贵含蓄的美，而含蓄也就是隐藏。西洋一位文豪说："艺术的最大目的在乎隐藏艺术。"又一位小说家说："用一百个字所表现的，并不见得比十个字所能表现得更好。"这话极耐人寻味。世间没有比含蓄隐藏的滋味更隽永、更深远的了。

一味地隐藏，会不会变成畏缩？一味地含蓄，是不是近乎阴沉？这是差以毫厘、谬以千里的两种状态。孔子说："刚毅木讷，近仁。"孔子的这个"仁"字是只可意会、不可言传的最高人格标准。黄叔度"汪汪若千顷陂"，应该可说是近似了。我想"木讷"，就是一副笨拙的态度，而他的内心却是刚强、坚毅的。能刚柔互制，外柔内刚，所以能做到"造次必于是，颠沛必于是"的地步。这岂是畏缩或阴沉者所可同日而语的！

诗人说："短发无多休落帽，长风不断且吹衣。"是比喻自己才疏学浅，所以要藏拙几分，吩咐东风不要把他的破帽吹落下来，免得露出稀疏的秃头，贻笑方家。但他虽然万分的谦虚，内心却是充实的、坚定的。"长风不断且吹衣"正表示这一股不屈不挠的精神。对于世俗的不虞之誉,求全之毁,都可置之度外。人,是应该有一派"散发天风独往还"的独立不惧的气概的。

求其放心

《孟子》说："学问之道无他，求其放心而已矣。"意思是说要像找寻放出去的鸡犬似的，把放在外面的心收回来，是反求诸己的意思。

小时候读《孟子》，听一位父执给我讲解。他说求放心不仅是反求诸己，还可以解作"如何安放自己的心"，或是"如何使这颗心能够放松"。如今细细体味起来，觉得这个说法更富意义。人，往往因为这颗心没个安排处，因而感到彷徨空虚，乃至于厌世悲观。同样的，心情过分紧张，也会使你因疲乏而烦躁而厌倦生活。所以，如何安排与放松我们的心，实在是值得我们于读书工作之余，深加玩味的。

苏东坡有一首《临江仙》词："夜饮东坡醉

复醒，归来仿佛三更，家童鼻息已雷鸣。敲门都不应，倚杖听江声。"他于某夜微醺后策杖归来，敲了半天门，书童睡沉了。他一点不生气，索性站在门口听江水潺湲。这是一种随遇而安的超越心境，可以想见他的洒脱。东坡词多寓禅理，例如另一首《定风波》的最后几句："回首向来萧瑟处，归去，也无风雨也无晴。"最耐人寻味。如能把人生的风雨阴晴，都看作如气候的必然变幻，既无可如何，就应当安之若素了。

中国老庄的哲学是"知不可奈何，而安之若命"。这当然是太消极的定命论，儒家思想是"尽人事，听天命"的中庸之道。这个"尽人事"就是教人要尽己，要好好努力做人做事，而"听天命"是说对于不可知之数的事，就当放开胸怀，听其自然。

人不但对于未来之事喜欢憧憬，对于过去的，也往往容易追悔。憧憬未来使人振奋，而追悔过去却是最浪费心神的。一位哲人说："追悔是使人变得愚蠢的最主要原因。"真是至理名言。只知道追悔，眼前的一切都看不清楚而轻易放过。

要知"弃我去者,昨日之日不可留",我们只有紧紧抓住现实。纵然"乱我心者,今日之日多烦忧",而忧患是需要宽阔的心胸容纳它,澄明的智慧剪断它的。

大学的老师送我一首《杨柳枝》词:"垂垂雨雪一春愁,历历楼台阅劫休,拼向高空舞浓絮,东风哀怨莫回头。"春风哀怨,万事却将成过去,没有什么值得回头的,为什么不以轻松快乐的心,迎接阳光呢?

"海阔凭鱼跃,天高任鸟飞。"念着这两句诗时,胸襟好像也会开朗起来。当你心情烦乱、愤怒或紧张时,试试看在脑子里找一些安详愉快的字眼,在嘴里低声地念着,想一些轻松幽默的故事,使自己笑。听听音乐,或跑到公园里去听鸟儿歌唱,看小孩子荡秋千。这是一种行为心理学,渐渐地,你的心自会放松下来,高兴起来。

"放心,放心",把心放松,把自己安排在一个海阔天空的境界中吧!

温柔敦厚

《诗经·国风·子衿》篇云:"青青子衿,悠悠我心,纵我不往,子宁不嗣音?"想见这位失恋女子,在城楼上痴痴等待时的迫切神情。她明明知道他是个"轻别离、甘抛掷"的薄幸郎,可是她不忍心怪他、怨他,只懊恼自己不该一时爽约,因而惹恼了他,使他不再顾念她。那一缕委婉缠绵的情意,是如此的蕴藉而温厚,使我们低回往复不能自已。这就是所谓"怨而不怒""哀而不伤"的高尚情操。如果把这两句换成了:"子不我思,岂无他人。"那就是以非常决绝的态度说:"你不想念我,难道就没别人和我好吗?"这就不是执着的爱,也就不是永恒的爱了。爱本来是痴的,是执迷不悟、无理可喻的,所以叫作

"一往情深""海枯石烂"。如果爱只是一朵闪烁的花，一开过就什么都没有的话，人间就不会有许多刻骨铭心的悲剧了。

《诗经》里所描写的爱，都是一种温柔敦厚的爱，无论是亲子之间，朋友之间，情人或夫妇之间，都是那么蕴藉而且永恒，这才见得爱的真谛、爱的伟大。在这里，我想起另外一首乐府诗："有所思，乃在大海南。何用问遗君？双珠玳瑁簪，用玉绍缭之。闻君有他心，拉杂摧烧之。摧烧之，当风扬其灰。从今以往，勿复相思！相思与君绝。"这是描述一个女人，因为她的情人远在大海之南。她要用双珠玳瑁的珍贵礼物赠给他作为永久纪念。可是一听说他变了心，她一气之下，就把双珠玳瑁毁了、烧了，从此以后，她再也不想念他了。这是一种热烈的、奔放的、狂野的爱情。她爱他的时候爱得发狂，一有怀疑，就与他决绝，摧烧了玳瑁，还不够，还要"当风扬其灰"；说了一遍"勿复相思"不算，还要再说一遍"相思与君绝"。那一副咬牙切齿的神情，正与《红楼梦》里林黛玉焚稿断痴魂时的情景是一样的沉痛。而与"青青子衿"中那一颗悠悠的心，脉脉的情怀，却完全不同了。其实她说不再相思，就越是丢不下这颗心，割不断这一缕情丝。正像词人说的："相思本是无凭语，莫向花笺费泪行。"作者也是受了薄幸者的骗，痛心之余，劝世人不要再痴心地相信情书中的甜言蜜语了。越是嘴上这么说的，越是放不下这颗心。真不能不叫人怅然地问"世间情是何物，直教生死相许"了。

"衣带渐宽终不悔，为伊消得人憔悴"就是一种缠绵婉转、温柔敦厚的爱。她或他对于爱人是如此执着，为了对方瘦了、病了，却绝不后悔。这种至高无上的情操，只有在爱里才能发挥。所以爱包含了宽恕、成全与牺牲，爱是最高人格的表现，也可以说在爱里人格得以升华。

诗词中许多描写爱情的句子，确乎令人一唱三叹。如："试妾与君泪，两处滴池水。看取芙蓉花，今年为谁死。"这是一个女子，为了测验情人的坚贞与否，却以芙蓉花为谁枯萎做考验。比起《武家坡》里的薛平贵与《桑园会》中的秋胡，要温柔敦厚得多了。再看宋词："我住长江头，君住长江尾，日日思君不见君，共饮长江水。此水几时休，此恨几时已，只愿君心似我心，定不负相思意。"这首模仿古代民歌的白话词，多么朴实自然，两人各处一方，他们的心是系在一处的。还有一种片面的相思，对方丝毫未觉察，而她却只管一往情深。那一份默默的爱也会像虫子似的，啃噬着她的心，微微作痛。如"山有木兮木有枝，心悦君兮君不知"，就是默默地单相思，却有着深长隽永的滋味。"今夕何夕兮，搴舟中流。今日何日兮，得与王子同舟。"这是多么兴奋的心情，王子并不知道她深深地爱着他，而她能偶然与他同泛一次舟，就心满意足了。这一丝轻微的欣慰与哀愁，也同样感染了读者的心。

　　单方面的爱，如不能获得对方的知悉，或是知悉了而并不能获得对等的爱，痛楚的心自将不胜负荷。可是在温柔敦厚的情操中，却将涌出更动人的诗篇。在艺术的生命里，将会有更伟大的成就。所以我说，在爱里的人格是完美的，因为爱使人变得温柔敦厚，也唯有温柔敦厚的心灵才能够爱。

白　发

梧桐树上飘下了片片黄叶，有几人能不慨叹一声"又是秋天了"？人过了中年，第一次在自己头上发现一两根白发的时候，心情也很难保持平静。落叶告诉我们"一年容易"，白发象征着老之将至。这都是惹人感伤的、无可奈何的现象，可是这种现象又岂能避免呢？

"美人自古如名将，不许人间见白头。"可见女人先天爱美的心，总不愿头上早早出现白发。可是白发却像秋霜冬雪，迟早总要飘落下来的，谁又能保持一辈子的青春年少呢？

你越是怕容颜老去，你的心灵反而越老得快。尼采说的：许多人的心灵先老，许多人的精神先老，有些人年轻时就老了，但是迟到的青春是持久的青春。这话是值得我们深思的。

记得我二十多岁时,就学着写老气横秋的句子:"不记秋归早晚,但觉愁添两鬓,此恨几人同。"老师曾笑我说:"不要无病呻吟,年事长大有何可悲?只要能保持健康愉快的心情,人就会永远年轻的。"如今年岁真的长大了,头上的白发已不止一两根了,才真正体味到中年也有中年的乐趣。因为中年人的心比较沉静、悠闲。许多年轻时候使我哭过、使我笑过的事情,如今回想起来,都别有一番隽永的滋味。从前许多想不通的世事人情,如今也看得云淡风轻,提得起也放得下了。生命是丰富的,如能永久保持"花落春犹在"的乐观心理,由中年而渐入老年,又未始不是一样有情趣、有意义呢?

在我记忆中,有两位白发老妇人,是我终生钦敬思念的。一位是我的乳娘,一位是我在中学执教时的女校长。我幼年时因母亲体弱多病,四岁前都由乳娘带领。长大后因住在杭州,与家乡的乳娘一直没有见面。毕业后回到故乡,从乌篷船中探出头来,第一眼望见的就是一位白发苍苍的老妈妈。我已不认得她是谁,她却一步上前,紧紧捏着我的手臂,老泪纵横地喊我的乳名,我才想起她就是我日夕思念中的乳娘。那时母亲已经去世,我不禁扑在她怀中呜咽哭泣起来。我们相扶着穿过青青的稻田,回到阔别多年的老屋里。我如同偎依在母亲身边似的,尽情享受着乳娘给我的爱抚。在我心目中,她的笑容,她的眼泪,她的白发,实在是世界上最美的了。可是不久,乳娘去世了,我孤寂的心灵再度感到无依。在一个中学教书时,一位七十高龄的外国女校长却给了我不少的鼓励与启示。每天一早,我总从窗口远远望着她捧着《圣经》,挺直了背脊,精神百倍地走进礼拜堂。她那一头银丝似的白发,在粉红的晨曦中闪着亮光,映照着她白里透红的皮肤,显得她健康极了,也快乐极了。她浑身散发着一股青春的爱力,使每一个人都那么喜欢接近她、信赖她。她时常招呼我到她温暖的小屋里坐坐,喝杯茶,听她弹钢琴唱赞美诗,她悠扬的唱诗声至今仍萦回在我的心头。

这两位老妇人的鹤发童颜,在我心中留下不

可磨灭的印象，每当我精神困顿，对生活感到厌倦时，我就极力想着她们，她们的音容笑貌使我振作，使我懂得人是应该快快乐乐地活下去，来迎接一个健康而有意义的老年的。

来台湾，将近廿年，廿年中，幼小的孩子们长大了，中年人老了，可是台湾的四季却依旧是那么少变化。一年中就只有春夏而无秋冬。有时，我想看秋风满天中枫林的红叶，这里却只见终年常绿的榕树扶桑；我想徘徊在积雪的板桥，这里却连清霜的影子也见不到。最使我怀念的是故乡傲岸于风雪中的寒梅，这儿却教我从何处寻访？于是我想：季节没有秋冬，岂不像人生没有中年老年，这不是太单调了吗？"不许人间见白头"又何尝是真正的美？反过来说，满山遍野白皑皑的雪景，正如老年人头上银丝般闪光的白发，岂不更可以增加一份庄严肃穆的美？

白居易的诗："镜中莫叹鬓毛斑，鬓到斑时也自难。多少风流年少客，被风吹上北邙山。"他劝人不要担心老，不要怕出现白发，能活到

八十、九十,白发皤然才是人生最美丽的境界!

"春柳池塘明媚处,梅花霜雪更精神。"冬天比春天更美丽,老年比青春更可贵。

女性与词

读易安词，使我想到中国女性在词坛上有如此崇高的地位，实在是值得我们引以为荣的。女词人除宋代的李清照以外，清代还有一位吴藻。她自号玉岑子，所遗词集有《花帘词》与《香南雪北词》。她的词名虽不及距她数百年以前的李清照，而在清代，也是名噪大江南北，与同时的男词人纳兰成德（即纳兰性德），有如两朵稀世的奇葩，让清代的词坛放一异彩。只可惜她的命运也非常不幸，因遇人不淑，于备尝忧患之余，即扫除文字，潜心礼佛，再也不谈吟事了。这与李清照晚年卜居金华，抑郁以终，正是同样的坎坷。读李清照《武陵春》："闻说双溪春尚好，也拟泛轻舟。只恐双溪舴艋舟，载不动许多愁。"

与吴藻的《浣溪沙》："一卷《离骚》一卷经，十年心事十年灯，芭蕉叶上几秋声。"真不能不为这两位千古薄命女词人一掬同情之泪。但也正为她们悲凉的身世，她们的词也就格外能深入感人。

厨川白村说，文学是苦闷的象征。我想诗词实在是文学中最足以象征苦闷的。而诗词之间，词尤能传达委婉曲折的心声。因而词的感人力亦更为强烈。词不仅在外形上，韵律句调较诗变化为多，其内在的情味意境，亦远较诗来得婉约、柔媚。王国维《人间词话》中所说的"要眇宜修"四个字，真是道尽词的奥妙精微之处了。

论者都把词分成豪放、婉约二派，而以苏辛为豪放之宗。可是苏东坡的"惊起却回头，有恨无人省。拣尽寒枝不肯栖，寂寞沙洲冷"，却更令人感到意境超越，含意深远。辛稼轩的"醉里挑灯看剑，梦回吹角连营"岂比得他的"断肠片片飞红，都无人管，倩谁劝，流莺声住"更为沉咽而蕴藉。可见词仍当以婉约为正宗，豪放究竟是词的变体而非本色。

蕴藉婉约的词，其含意在欲言未言之间，令

人反复低回，有一种有余不尽之味。例如牛希济词："语已多，情未了，回首犹重道：记得绿罗裙，处处怜芳草。"回过头来再三叮咛，并不明白说出对恋人如何的思念，却只是说惦念她所穿的绿罗裙。惦念绿罗裙，连和罗裙相似的芳草也怜惜起来了。无限浓情蜜意，都包含在这短短十个字中间了。柳永的名句："衣带渐宽终不悔，为伊消得人憔悴。"显示的是一种温柔敦厚、坚贞不二的爱情。又如冯延巳"起舞不辞无气力，爱君吹玉笛"之句，有一份"士为知己"的高尚情操。至于顾夐的"换我心，为你心，始知相忆深"虽不能说怎样含蓄，却也极尽丽密之能事。

李清照的《漱玉词》，虽不足百首，而首首都是明珠翠羽、精金碎玉的不朽之作。她那首脍炙人口的《醉花阴》，最后三句"莫道不消魂，帘卷西风，人比黄花瘦"固然是尽人皆知的名句，而起首两句"薄雾浓云愁永昼，瑞脑销金兽"便自不凡。她以"薄雾浓云"的凄迷天色来衬出一个愁字，再以金炉中渐尽的瑞脑香来形容愁的无穷。这与秦少游的"欲见回肠，断尽金炉小篆香"

有异曲同工之妙。寸断的柔肠是无法看得见的，他以金炉中寸断的盘香灰来比拟，设想是多么奇妙而又恰当。

词的感人力既如此之深，它又能如此曲曲折折地道出你深埋心底的哀怨。以女性天赋的多愁善感，细腻柔婉的性情，实在最相宜于填词。前文所引虽大都是出诸男性词家的笔下，而描摹的却是女子的心情，表现的是委婉缠绵的女性美。若以女子本身来抒写自己的情怀，自然更能见得出色当行了。李清照与吴藻之所以有此伟大的成就，固由于她们横溢的才华与渊博的学问；而她们生为女性，灵心善感，对于周遭事物的一往情深，怅触多端，亦未始不是原因之一。

我们不一定要能填词，但至少应当能欣赏词。当你意兴萧索、愁绪万千之时，捧起词来低低吟哦着，你自会与词中境界相悦以解，而忘却现实的苦恼忧患。即使替古人流泪，也是痛快的。

我以为词与人生有着密切的关系，词可以怡悦身心，涵养性灵。一个人的才华智慧，固不可强求，而优美的气质，仍在乎自己的培养。

"草草劳人盐米事,何如辛苦学填词。"所以我们无妨于劳人的米盐琐事中,偷闲学填词。不是说女性个个都当成词人,而是词可以帮助我们保有一份温柔蕴藉、悠闲淡泊的情操。

游戏人间

细细体味一下"游戏人间"四个字,就感到另有一种意味。人间不如意事固然十有八九,但若能以游戏玩乐的心情坦然处之,则不但不会被人间所游戏,而且可以快快乐乐地游戏在人间了。

游戏并不是懒惰、闲荡,更不是"玩世不恭",而是保有一颗轻松活泼的心,把工作都看成游戏那样的有趣。看看孩子们吧,孩子的整个生活就是游戏,他们搭房子、开汽车、摆家家酒——全都是他们的工作,也都是他们的游戏,他们做什么都毫无目的,只是因为他们活力充沛,他们要这么不停地工作与游戏。成人们为什么不能学学童稚的天真活泼,视工作如游戏,保持身心的愉快呢?就拿钓鱼与打猎来说吧,整天钓不到一条鱼，或捕获不到一只小兔，你会因此懊丧，后悔这一天的光阴都白费了吗？不会的，因为钓鱼与打猎的本身是游戏，而游戏的目的就包含在游戏的过程之中，这是没有什么得失成败可以计较的，只要你耽于这项游戏，你就获得快乐了。

西洋人常把工作与游戏对立起来，说："工作时工作，游戏时游戏。"这样未免把工作看得太严肃。随着严肃而来的是枯燥乏味，工作的效率也因而减低。所以我说应视工作如游戏，把工作与游戏打成一片，以游戏精神注入工作之中，使工作游戏化。而那一份快乐的情操又从工作中油然而生，如此循环不息，我们不就可在工作的游戏中欢度一生吗？

要把所有的工作都趣味化是很难的，因为有些工作无论如何总是枯燥乏味的，更有些工作是艰苦的，所不同的是我们从事工作的心理状态。如以被驱策的心理去工作，工作对我们就是折磨；如以满心喜悦的态度去做，工作就变成了游戏。四川的抬滑竿是一项辛苦的工作，可是抬滑竿者有一个娱乐自己的好方法——一前一后相互唱答。前面的看到有小孩要后面的注意，就唱"天上一朵白云"，后面的应道"地下一个细人"；过桥时，前面的说"桥是两边空"，后面应"行人走当中"；前面的看到一个美丽的姑娘，就唱"路边一朵花"，后面的接道"把她采回家"；大转弯时，前面的念"左手靠得紧"，后面的应"右手拿得稳"。他们如此一呼一答，崎岖的山路，沉重的负荷，在他们都不觉得吃力了，这就是化工作为游戏的好例子。教师在课堂上讲课，"道貌岸然"，学生们不是昏昏欲睡，就是偷看小说。如能插入一二则与课文有关的轻松幽默故事，学生的心就被唤回来了。其他如实验、实习、参观等都可以提高学习的兴趣，因为那已经把工作趣味化了。爱迪生一生埋首在实验室，他却说"我一生没有做过一点工作"，这真到了工作游戏化的最高境地。庖丁解牛"进乎技"，故能踌躇满志，如果他把解牛看成苦差事，就不能游刃有余了。这就是孔子所说的"游于艺"的境界。无怪《论语》开宗明义第一章就说"学而时习之，不亦说乎"了。

王国维先生说:"诗人必有轻视外物之意,故能以奴仆命风月;又必有重视外物之意,故能与花鸟共忧乐。"能轻视外物又能重视外物,就是对人世的一切,能出也能入,能严肃也能轻松。若以轻松的心情,从事于严肃的工作,则人间将何往而不乐呢?

杜威说,充满游戏精神地工作就是艺术。所以我们应当好好培养这份游戏精神。据历史家说,古希腊人是最懂得游戏艺术的,这使他们创造了光华灿烂的文化。我国魏晋时代的文士诗人,也最懂得享受悠闲的艺术,这是魏晋文学所以能放异彩的原因之一。读陶渊明诗,字里行间荡漾着自得其乐的悠闲情趣,他有一架无弦琴,抚琴而歌,自听弦外之音。而这位陶靖节先生却并不是一个懒惰的诗人,他放弃为五斗米折腰的县令,而愿意做一个辛苦的老农夫,平居以勤劳训子。他真可以说深深懂得工作游戏化的艺术了。西洋一位哲学家说:"人只有在他游戏的时候,才是一个完整的人。""完整的人"就是完满的人格。

陶渊明的完满的人格，就在他"游戏人间"的人生态度中充分表现出来，可见古今中外，生活艺术的最高境界乃是一致的。

无言之美

沉默寡言,常常以一个会心的微笑代替向对方做有声的赞誉,而并不是沉着脸,冷冰冰地不说一句话,拒人于千里之外。

在稠人广坐中,侃侃而谈,风趣横溢,固可以博得多人的赞赏;而凝眸微笑,默默谛听,偶尔亦加入一两句轻松的趣语,似更能予人以深刻的印象。尼采说:"美的声音是低柔的,它悄悄地流入清醒的灵魂。"低柔的音调最足以显示一种女性美,它有如轻风敲细竹,纤手触鸣琴,是那么的幽雅有情致,深深叩着人们的心弦。

沉默绝非阴沉,更不是呆滞,却是于端庄恬静的仪容中透着愉快活泼,清新淡远。与这样的女性相对,就如傍着一枝幽谷芳兰,或雪里梅花,其幽美的姿态几乎使画家都难以着笔，真如司空图所谓的："不著一字，尽得风流。"一落笔便反而"着相"了。

如果你面对一位大哲人、文豪或音乐家的塑像，不论是凝聚的眼神或低垂的眼帘，微笑的嘴角或紧闭的双唇，都似乎透着他们智慧的灵光。你虽不能和他们交谈，那一派神圣、庄严的气氛却会笼罩着你，澄清你的俗念，使你感到和他们很接近。美国的林肯纪念堂，当游人驻足仰望时，都会有此感受。

圣徒有一段非常好的话："灯塔不会说话，但它的光照耀，灯塔不击鼓也不敲钟，然而在遥远的海面，船员们看见它可亲地闪烁。"这是值得我们深深体味的。中国也有一句类似的古语："桃李无言，下自成蹊。"不会说话的灯塔与无言的桃李，何以能使人如此向往，是因为灯塔有闪烁的光芒，桃李有雅淡的芳香。可见沉默无言不是空疏，相反地，正是显示了他丰富的内涵和谦冲的风范。

年轻人爱辩论、好发表意见是值得嘉许的。

但知道十分，只说五六分，比知道五六分却要说成九分十分，一定更容易受人敬重。因为他懂得保留的艺术和谦虚的美德。孔子说："君子欲讷于言而敏于行。"又说："刚毅木讷，近仁。"都是劝人少说话，多致力学问。我们时常浪费宝贵的光阴在无益于身心的闲谈上，却不知节省精力以补读生平未读之书，这是十分可惜的。固然二三知己，畅谈竟夕，笑语琅琅，未始非人生一大快事。而畅谈后若能有片刻的沉默，似乎格外令人怀念。可见有时的确是"无声胜有声"，这境界是只可意会而不能言传的。

可是，当一个朋友犯了过错或有什么痛苦时，我们务须以一片挚诚劝导他、安慰他。这种劝导与安慰，就有如古寺中的木鱼清磬，暮鼓晨钟。对于苦闷的心灵，是具有莫大安定作用的。更有对旁人辛劳的工作或可观的成就，我们要以言语表示由衷的钦佩。这对于自身是无上快乐，在对方更是一份鼓励与安慰。在这种时候，你如仍默无一言，就显得漠不关怀了。最近有一天，我正在午睡，被一阵呱呱的噪声吵醒，开门出去一看，原来是几个掏沟的清道夫。我看他们冒着炙热的太阳，汗流满面，就用生硬的台湾话对他们说："你们在这样正午时候工作多辛苦呀！"他们马上面露笑容，有一个问我："是不是吵了你睡觉？"我也笑着摇摇头，回屋后又安然入睡。醒来时，见沟中清除得比往日更洁净，这未始不是由于那句慰问的话呢？我并不是说要用言语取悦于人，而是觉得人与人之间，亲切的关怀而见之于言辞，乃是不可缺少的。

王国维先生《人间词话》中所说的三种境界，颇可以用来比喻无声之美。他说的第一种境界是"昨夜西风凋碧树，独上高楼，望尽天涯路"，第二种境界是"衣带渐宽终不悔，为伊消得人憔悴"，第三种境界是"众里寻他千百度，蓦然回首，那人却在，灯火阑珊处"。我想"独上高楼"，必然是无言地望着天涯路，"衣带渐宽终不悔"，岂不是默默无言地忍受相思之苦？至于"那人"独自伫立在灯火阑珊之处，而不愿挤在热闹场中，则其孤高沉默，更是可想而知了。

我极欣赏两句词："长沟流月去无声。杏花疏影里，吹笛到天明。"花月无声，美人弄笛，这又是多么淡泊悠闲的情境呢！

顺乎自然

陶渊明的"采菊东篱下，悠然见南山"，其可爱处便在"悠然"。他对山水田园的爱好纯出于自然，因而心灵亦自然而然地与山水田园融为一体。这也许是王国维先生所谓的"物我为一"而至于"物我两忘"的境界。与他齐名的另一位山水诗人谢灵运，对于山水的爱好却不像他那样出诸悠然的态度。他爱山水，他追求山水，他要征服山水，那一份渴望急迫的神情，不但在他的诗中读得出来，在他的行径上更看得出来。当他赴任永嘉太守的时候，他放着康庄大路不走，却带了一批随员，穿着草鞋，背起斧头铲子，从丛岩峻岭中，辟山开径到了永嘉。永嘉的老百姓看见这批衣衫褴褛、须发不理的人都吓一跳，还以为山贼光临了。像这样的游山，就跟陶公的悠然大异其趣了。谢康乐的诗最被人传诵的是："池塘生春草，园柳变鸣禽。"其实这两句诗并没有什么了不起，只是在他的诗集中可以说是最自然最不着力的了。而这样自然的句子却是他因怀念弟弟，在梦中得来的。可见耽于苦思的诗人，要信手拈来也不容易，除非在潜意识的梦中。

魏晋时代，因局势紊乱，有见地而又不愿与闻政治的文士诗人，都以游山玩水、吟风弄月，以及清谈玄学来逃避现实，一时蔚为风气。要说呢，恣情山水，应该是最懂得自然之美的。可惜魏晋人却以此自命清高，甚至到了矫揉造作的地步，反倒失去回返自然的意义了。举一个例子来说：魏晋人最讲求风度——一种雍容淡泊，与世无争的悠闲风度。因而他们穿衣服要穿得非常宽大，所谓轻裘缓带。而且酒后在风露中散步闲吟，表示他们的优游岁月。他们常服一种很贵重的药叫作五石散，是由砒霜配合而成的，服后浑身发热，皮肤干燥。所以必须穿宽大衣服不至擦破皮肤，冬天也要站在风里乘凉，才感到舒适。表示他们是有钱有闲的士大夫阶级，这已经是够矫情的了。可笑的是更有一些穷文人，买不起五石散，穿不起轻裘缓带，他们却不甘心被人看出穷酸相来，宁可穿着薄薄的衣服，在西北风里"卖冻"。问他干什么，他就得意地说："我刚服了五石散，浑身发热。"这副可怜相，就与孟子所说的有一妻一妾的齐人差不多了。由此可见魏晋时代有一批文人欣赏自然，与自然的距离反倒差一大截了。

谢安是东晋时桓温的司马，在与前秦苻坚的一场淝水之战中，他的侄子谢玄战胜了。捷报传来，他正在和朋友下棋，朋友问他什么事，他压制住满腔兴奋，只淡淡地说："小儿辈游戏得胜了。"可是他在棋罢进屋时，高兴得路都走不稳，一不小心，把木屐的齿都跌掉了。这也可以说他做作的功夫还没到家。像这样喜怒哀乐的情绪都要掩饰起来的人，还谈什么退隐林泉、啸傲山水呢？

可见顺乎自然真不是容易的事，写文章能自然到不着斧凿痕迹也是一样的难。韩愈是主张解放六朝文的拘束而恢复到秦汉文体的散文家。可是他自己写文章，撇开笔法不谈，至少在感情上如《送穷文》及《祭鳄鱼文》等，就不免有许多做作的地方。他模仿杜甫的《北征》写了一首叫《南山诗》的长诗，把山川草木、虫鱼鸟兽的名称，几乎全部搜罗在内，以显示他的渊博，读起来却像一部类书，索然无味。而他的朋友孟东野却只用了短短十个字，便写出了终南山的险与奇，那就是："南山塞天地，日月石上生。"这十个字多生动，多自然！而它的效果却远胜于洋洋数千言的刻意求工。苏东坡为文如行云流水，行乎其所不得不行，止乎其所不得不止。内心有怎样的感情，就说怎样的话，此东坡文章之所以有豪放也有沉郁，有禅理也有人情。与他的为人一样，爽朗、洒脱而真挚，千载以后，也可以想见他的风范。

北宋词人晏同叔有两句词："梨花院落溶溶月，柳絮池塘淡淡风。"字里行间洋溢着一派恬静冲和的情调。这正见得大晏的风度不凡。较他另外的两句名句"无可奈何花落去，似曾相识燕归来"，更自然，更不着力。所以作诗词，写文章，乃至为人处世，顺乎自然应该是最美的，也是最真挚的。

由此可见，怎样才是顺乎自然，得自然之妙趣；怎样就是违反自然的矫揉造作。在今日，生活方式不像古人那般简单，社交关系如此繁复。为人处世，如果要钩心斗角，争个你长我短，那是"强中自有强中手"，是无论如何斗不过人的。那么应该怎样呢？还是那句万变不离其宗的话：但求顺乎自然。与朋友处，合则留，不合则去。友情的基础应建立在真挚上，虚伪的应酬是得不到真朋友的。美国人叫人不要客气说："希望你跟在自己家里一样。"这句话非常有意思。一个人的精神还有比在自己家里时更轻松自在的吗？与朋友相处如家人，这个友情就永久了。如果时时感到拘束，就是一件苦事，还有什么乐趣可说呢？

爱的教育

幼年时伏在母亲的书桌边，看她写字，她随手抄了"自制藕丝衫子薄，为怜辛苦赦春蚕"这两句诗，问我懂不懂。我只觉得念起来音调很好听，"藕丝""春蚕"这些东西很可爱，却又不懂得是什么意思。母亲解释给我听说："这是告诉我们，蚕宝宝吐丝作茧，万般辛苦，为的是延续自己的下一代。可是人们却利用它们，把它们用滚水烫死，取了它们的丝，还吃了它们的尸体，实在是非常残忍的事。所以诗人幻想着能用藕丝来制作绸缎，代替蚕丝，以免它们成千成万的生命牺牲在汤锅里。因此我格外喜欢这两句诗，你现在懂了吧！"

我听了她的话，心中非常感动。母亲信佛，

但她并不迷信,却尽可能地不杀生,她说戒杀并不是怕什么因果报应,或是求福求寿,而是人类应有的一点"仁慈的心"。

记得有一次,顽皮的哥哥提了一壶滚开水灌进了蚂蚁穴,一霎时"尸浮遍野"。母亲看见了,把哥哥重重地揍了一顿。她教训他道:"蚂蚁在地上游戏,碍你什么事?你要杀死它们。我若是把一壶开水从你背上浇下去,你痛不痛呢?"我看见母亲眼里闪着泪水,就知道她为哥哥这种"暴行"生多大的气。她平时总不许我们虐待小动物或昆虫,例如捉到蜻蜓折断它的翅膀,把蝉套在竹枝上吱吱地转,都是她所痛恨的行为,我们也就不敢再恶作剧了。

如今年岁大了,越发体会到天地好生之德的道理。对于有生命的东西,总存一份怜悯心肠。有一句话说得好:"看哪,苍蝇正在搓着它的手,它的脚呢!"可见芸芸众生,都在享受生的乐趣,它又岂料何时大祸将临呢?

对于我的孩子,我也不时注意他的行为,不让他养成残杀昆虫、虐待动物的不良习性。他小时候，我看他用手捕捉地上的蚂蚁，就柔声地对他说："你别捉它，它痛，它要哭。你看，它们在找爸爸妈妈呢！"我又指着一只较大的蚂蚁说："这是它的妈妈，妈妈来找它的小孩啦。"他听得很有趣，就端张小竹凳儿坐着看，还拦着旁人说："别踩它，它在找妈妈。"我看他一脸纯真憨厚的神情，不由得欣慰地笑了。

我家的一只小花猫，也成了他的好朋友，他不攫它脖子，不拉它尾巴。每天早上他喝奶，我就替他倒一小碟子放在他脚边给猫咪吃。我要让他懂，有好东西应当慷慨地和朋友分享。也许我这种教孩子的方法太婆婆妈妈了，可是我想能随时启发孩子的同情心，培养他们仁爱的天性总是好的，这是我们民族传统的精神。儒家思想，就是亲亲，仁民，而后能爱物。古人说："为鼠常留饭，怜蛾不点灯。"其中蕴蓄着多么浓郁的人情味，多么广大无边的爱！我每一想到这个世界上还有一些儿童，没有自己的家，也不再懂得爱父母，就越发感到对于我们的孩子，爱的启发与培养该有多么重要。

现在，让我来讲一件有趣的事给大家听。连日豪雨过后，我家门前水沟中忽然出现了一只乌龟，邻家的孩子正想把它捉去，我连忙说："这是我买的。"就把它抢救了回来，放在大盆子里让它悠游自在地爬来爬去。孩子问我："妈妈，它的爸爸妈妈呢？"我笑着告诉他说："它的爸爸妈妈在乡下，明天就要把它送回家去。"他又说："别踩它，它痛啊！"然后撒些饼干末给它吃。第二天，趁外子上班之便，用纸匣装了请他带到乡下，丢在水塘里，让它回到大自然的怀抱，永免杀身之祸。他回来时神情愉快地告诉我说："真有意思，我把龟丢向水塘中心，是希望它能爬远些，别又被人捉去，谁知不一会儿它就爬着回到岸边，昂起头，闪着一对小眼睛冲着我看半天，然后慢慢地退回去。一会儿，又游上来，再向我看半天。如是者三次，它才徐徐没入水中不见了。回到办公室，把这情形讲给同事听，有一个同事说：龟是极有灵性的小动物，你放它的生，它知道感激，所以要依依不舍地回头三次。你看这不是奇怪的事吗？"我听了也很高兴，倒不是佛教徒积福积德的想法，而是因为他不但没有把龟烹而食之的念头，反肯协助我此一善举，使我十分感激他的好心肠。

孩子在晚上上床时，还念念不忘地问我："妈妈，虫虫呢？"我说："虫虫回家了，它找到妈妈啦！"他拍着小手高兴地喊道："啊！虫虫回家啰，虫虫好乖哟！"

这虽是偶然发生的一件小事，却也给孩子上了爱的一课。

心照不宣

"但使两心相照,无灯无月何妨。"低回地吟诵着这两句缠绵婉转的词,你会体会到两颗坚贞皎洁的心灵,结合在一起,该是多么美好,多么幸福。人生至少要有一个知己,可以共患难的朋友,正如我们必须有一两部精读的书,生命才不至于虚抛。于危厄困难中,才有人替你分担。

知音固然可遇而不可求,而一朝获得以后,则必能锲而勿舍,永结同心。我说永结同心,并不一定指异性之间的爱,就是同性的朋友,相知极深时,也应当互信互赖,砥砺策勉,以期止于至善。古人说:"二人同心,其利断金。同心之言,其臭如兰。"就是对崇高友谊的歌颂。

人们往往叹息世道衰微,人情淡薄,交友

不易，得知音尤难。俗语不是说吗，"逢人只说三分话，不可全抛一片心。"这几乎成了我们的处世哲学。可是如果你敞开你的心扉，广大地接纳人们对你的善意与关怀，你会发现，这个世界仍是充满温情的。爱默生说："虽然自私自利像西风般使世界感到阵阵寒冷，但整个人类仍旧沐浴在爱里。我们遇到过多少人啊，我们很少和他们说过话，但他们尊敬我们，我们也尊敬他们。他们眼中射出的光就是无声的言语。读读这些眼睛里流露出来的言语吧！心灵自会理解他们的。""沐浴在爱里"，这是人人所期求的幸福。两心相照，就是互相沐浴在对方的爱里。因为他们之间是懂得如何去爱和如何领受爱的。我相信每个人都应当有他最知心的朋友。那就是说，每个人都有一个自己的小天地。在这小天地里，他表现了真正的自我。他所说的、所听的，都是肺腑之言。他的行为是与他的人格一致的，在这小天地里，一切都显得灿烂而光明，生活更是温暖安全的，因为他的心灵有了安息之所。

　　无月无灯的黄昏，也许是带几分诗情酒意的，但如果只剩下一个人踽踽独行,心头的凄惶是可以想见的。而一个人,在生命的路途上,谁能免得了遇到无月无灯的幽暗时刻呢?在这情境中,你就会想起关怀你、愿为你分担忧患的人来。这一份温暖、这一缕曙光对你的支持不受时空的限制,而其力量更是无穷的。它使你在失望、疲乏、困顿中站起来,因为一颗爱心在照耀着你,你自觉光明在望了。朋友以挚诚相交,两心相契,一切都顺乎自然。因为友情也跟爱情一样,不可强求。有的人,时常会面,却永远生疏,话不投机,又何必虚与委蛇。有的人,一见如故,相逢恨晚,爽朗明快,如长江大河,自然就成了莫逆。有的人呢,木讷寡言,就像一泓秋水,静静的,深深的,要慢慢儿才发现他的学问德性。前者多属豪友,后者多属逸友。无论是性情之交,学问之友,或豪逸兼而有之,都是可遇而不可求的。而人生只要得一知己,便可无憾了。

我以为友情的获得就像作诗的灵感似的,古人有一首吟灵感的诗说:"我要寻诗定是痴,诗来寻我却难辞。今朝又被诗寻着,满眼溪山独去时。"满眼溪山，便不觉诗意盎然。而溪山之美，正有如好友可爱的面目。辛稼轩词不是说吗，"我见君来，顿觉吾庐，溪山美哉。"于此足见友情的弥足珍贵了。

说起患难中友情之可贵，我国历史上有不少动人的故事：春秋时代晋国大夫叔向获罪下狱，他的好友祁奚为他去见范宣子，力说叔向不但无罪，而且是一位社稷之臣，范宣子勇于纳谏，立刻释放了叔向。祁奚从范宣子处回来，并没有去看叔向，告诉他这段经过。叔向于开释后也并不曾去看祁奚，感谢他的营救之恩。像他们这样的交情，真可说得上"心照不宣"四个字了。祁奚不必对叔向说明，而叔向心知自己的获释是由于祁奚的仗义执言。叔向不必向祁奚道谢，而祁奚也不会怪他。所谓"人之相知，贵相知心"，这才是友谊的最高境界。还有齐国的管仲，对他的挚友鲍叔牙，乃有"生我者父母，知我者鲍子"之叹。他们的故事，亦传为千古美谈。

后汉的张劭、范式也有一段感人的故事。张劭归省母，范式与他约定两年后的某日到他家里拜母。到那一天，张劭请母亲杀鸡置酒以待，母亲说："二年之别，千里结言，尔何相信之审邪？"张劭说："巨卿（范式字）信士，必不乖违。"不久，巨卿果然来了，后来张劭病故，发丧时，棺木沉重不能前进，其母抚棺哭问："你岂在等待巨卿吗？"语未已，远远地果见范巨卿素车白马，号哭而来。原来巨卿已先梦见元伯（张劭字）去和他诀别了。朋友的心灵相通至于此，确实令人感动。

清代的顾梁汾，为他流放在宁古塔的朋友吴汉槎写了两首《金缕曲》。词意之凄楚，关怀之深切，令读者无不泫然欲涕。他劝他的朋友："词赋从今须少作，留取心魂相守，但愿得，河清人寿。"他的意思是说："你不必多写诗词以求博取一般人的同情。只要我了解你，相信你，我们的心魂能永远相守，企望着光明时日的降临就好了。"这就是他给孤忠的吴汉槎唯一的也是最珍贵的慰藉。难怪多情的词人纳兰成德读了这两首词，感动万分，而恳求他的父亲召回了吴汉槎。

这些故事都告诉我们，知己之情确乎是可

歌可泣的，而这一份情谊的获得，又岂是偶然的呢？

现在让我来引名著《约翰·克利斯朵夫》里的一段，来给本文作结："得一知己，把你整个的生命交托在他手里，他也把他的整个生命交托给你；终于能够休息一下了。当他酣睡时，你为他警戒。你酣睡时，他为你警戒。快乐的是保护你所疼爱的，像孩童般信赖你的人。更快乐的是倾心相许，剖腹相示，一身为知己所左右。当你衰老了，疲倦了，多年的人生重负使你感到厌倦时，能够在朋友身上再生，恢复你的青年与朝气。用他的眼睛去体验万象回春的世界，用他的感官去抓住瞬息即逝的美景，用他的心灵去领略生活的壮美……"

念着这一段，体会着温厚如醇酒的友情，心头感到多么欣慰呢。

诗人的心

大文豪海明威有一段有趣的轶事。《丑陋的美国人》的作者从拍卖行以高价买得一箱上等威士忌酒,他取出六瓶向海明威交换六点写作的诀窍。海明威在机场起飞前告诉他第六点说:"成为一个作家,最要紧的是要有幽默感与同情心。"然后他问年轻人说:"朋友,你尝过那酒吗?"他回答说还没有,因为他是省着打算开派对用的。海明威说:"那么在开派对以前,你最好自己先尝尝。"他回来打开一瓶来一尝,原来是茶和水冲的假货。他才知道上了大当。他抬头望着天空,想着海明威的话,深深体味了什么是幽默感与同情心。不然的话,他受了欺骗与愚弄,一定会去与酒店老板打一架的。

这种宽大确乎是常人难以做得到的。但一个人在恼怒怨怪旁人时,试着咬一咬嘴唇,忍住冲口而出的粗声大气,设身处地想一想对方,也许气就平下一半了。记得在求学时代,有一次随老师搭公共汽车,下车时太挤,司机不耐烦,竟骂我们是猪猡。我非常生气,可是老师却笑嘻嘻地说:"你要想想他的工作多单调,停了开,开了停,永远没有终点,也没有目标,而乘客们呢?却是上课啦、访友啦、看电影啦,各有令人兴奋的目标,被他骂两声也无妨一笑置之了。你不是要学习写作吗?那你就必须有一颗温柔敦厚的同情心,时时体验人情,观察物态,千万不要对人憎恨,这就是佛家所谓的大慈大悲,广大灵感。有广大的灵感,才能写文章。"他又对我说:"一个人不一定是教徒,却要有一颗虔诚的心,不一定成为诗人,却要有一颗诗人的心。"

二十年来,这两句名言,时时在心。"诗人的心"并不是指的吟诗作赋,却正是海明威所说的"幽默感与同情心"。

"幽默"原是外语的音译,西洋人非常讲求

幽默感。大政治家、思想家、文豪之所以能发挥他们智慧的光芒，都因为他们有高度的幽默感。我们中国人并不是不懂得幽默的民族。先秦时代的庄周就是最早的幽默大师。他讲的故事并不亚于《伊索寓言》之发人深省。他有一次向朋友借贷，朋友推说等卖了地再借给他。他就讲了个鲋鱼求斗勺之水的故事，鲋鱼说："如等你引了西江之水来，就将索我于枯鱼之肆了。"如此的含蓄幽默，说的人听的人都不会动气，多好呢！记得有一个笑话，说一个主人以劣酒待客，客人嫌他酒酸，主人竟把他吊了起来。接着又来了一个客人，问何以被吊，他说了原因，第二个客人说："让我也尝尝究竟如何。"他尝了一口笑笑说："老兄，把我也吊上吧。"主人不好意思，就把客人放下来了。这是以幽默代替直言指责的好故事。这一类小故事在我们的历史上、民间故事里俯拾皆是。可见幽默是一种宽和与机智，可以扭转乾坤，化戾气为祥和。

某机关有一个职员每天都迟到一小时，有一次他的单位主管在他进来时，看了下腕表笑嘻嘻地说:"奇怪!怎么我的表总比你的跑快一个钟头呢?"那职员有点不好意思,第二天就准时了,他非常感激主管的宽大和幽默。如果主管对他声色俱厉地说:"明天不可迟到。"他固然不会迟到,但只是出于畏惧而非感激。有一次,我有事随外子从他的办公室搭电梯下来,那时已是下班以后,电梯里他们几个同事谈笑风生。到某一层楼进来一人,严肃的脸上毫无笑意,大家的笑声悠然而止,原来进来的是他们的经理。我奇怪他为什么不轻松地参加谈笑,而要摆出一副上班时的上司面孔呢?比起前面所说的那位主管,幽默感大概要差一点吧。

说到同情心,没有比孔子所说的"仁"字更博大、更完整的了。孔子告诉樊迟"仁"就是"爱人",这是亘古不变、放之四海而皆准的最平易近人的道理。一个有志于写作的人,如果没有爱心,不能"近取譬",设身处地地去感受万事万物,如何能写出动人的小说、美妙的诗篇呢?

不但是写作,从事任何一种行业都是一样的。我服务司法界多年,眼看许多两鬓斑白的老法官，一生鞠躬尽瘁于判别是非，明辨善恶，劳而无怨，不能不使人肃然起敬。一个好法官能够公正不阿，就是基于推己及人的爱心。法官痛恨罪恶，可是对于犯人仍当寄予无限同情。虽然判处死刑，也当以悲天悯人之心为之。欧阳修写他父亲判案阅卷，尝至深夜不寐，他告诉他的夫人说："求其生而不得，则死者与我皆无恨也，矧求而有得耶？"那就是虔诚地探求事实真相。多么公正，多么仁慈。美国有一位布道家，曾在狱中工作两年，当他读了受刑人犯案记录时，不禁心为之碎。他因此了解犯人在什么环境中长大，什么原因使他犯罪。他认为每个人都有可悯恕的原因，都可以改过迁善。怀有如此菩萨心肠的人，才配当狱官。

诗人说得好："但愿此心春长在，须知世上苦人多。"西哲也说："仁厚的性情是心灵的阳光。"在一片和煦的春阳里，让我们来培育一颗"诗人的心"吧。

春回大地

连日来细雨霏霏,阳明山的杜鹃,在雨丝中绽开了嫣红的花朵,樱花亦将吐蕊,春天又回来了。"新年鸟声千种啭,二月杨花满路飞",这是庾子山笔下令人赏心悦目的骀荡春光。吟着这两句,就使我怀念我的第二故乡杭州。西子湖现在还沉睡在霜雪中,而孤山的寒梅已经在报春讯了。再过一个月,就是桃花柳絮满湖堤的烂漫春色。六桥三竺,仕女如云,杭州人所谓三冬靠一春。西湖的春,真不知陶醉了多少游人。可是我现在在台湾,西湖春色,邈不可接。既不能插翅飞回故乡,更何计使青春长驻。尽管婉约的词人吩咐我们:"若到江南赶上春,千万和春住。"却明明是无可奈何的趣语。无怪饱经忧患的杜甫,要吟出"一片花飞减却春,风飘万点正愁人"的伤春之句了。这位老年坎坷的诗人,伤感地说:"花飞有底急,老去愿春迟。"他晚年落寞的心情,对短暂的春光愈加依恋,正表示他对人生的深挚执着之爱。可惜他穷愁难遣,终于在颠沛流离中告别了人世。

来台湾忽忽度过多少春天,这个四季不分明,也可说四季如春的宝岛似乎是无春可"赶"。在江南现在正是草长莺飞,在此地——台北,春却沉睡在雨季中。固然太阳一露脸,春就会觉醒,可是才一觉醒,初夏的热带风就匆匆把它赶跑了。春是如此"倏而来兮忽而逝",心情也随之悲喜无端。除非能学着苏东坡那一派"也无风雨也无晴"的豁达精神,天涯羁旅,真有点难以自遣。

正因为台湾的春太不分明,也太短促,所以我们必须在心理上予以延续,保持长久的春天。这心理上的春天,是不受外界风雨晦明的影响的。聪明的先哲告诉我们说"快乐是一个人心境上的春天",这才是长驻的春天。可见得境随心转,春亦随心转。一样的风雨落花,悲苦的诗人要埋怨"风定花犹落";旷达的诗人则说"花落春犹在"。南宋词人王碧山,对于逝去的春光亦寄以无限希望地说:"纵飘零,满院杨花,犹是春前。"更有的诗人说:"未有花时已是春。"念念这些诗,心头就像吹拂着和暖的春风,感到人间原是充满希望与幸福的。

那么如何保持心境上永久的春天呢?还是让我们来向春请教吧!春是无私的,雨露给所有的草木染上新绿。春是带有朝气、令人奋发的,一个快乐的人应当是满面春风的。看春风拂过水面,泛起美妙的细细涟漪,却不会掀起惊涛骇浪。春风洒在花枝上,平添无限娇艳,却不至坠粉摧红。我们心情上偶尔掠过一丝轻愁,就应当像春风春雨一般,来得那么轻柔,忘得十分迅速,因为我们的心应该是春天的太阳,随时会散布温暖的光辉,驱散阴霾。

黄山谷有两句诗,"桃李春风一杯酒,江湖夜雨十年灯",我一直非常喜欢这两句诗,因为它不仅音调美,更透着漂泊者一份轻淡的哀愁。我却别有会心,"桃李春风"象征人生的盛年,杯酒联欢，以文会友，岂非"天涯何处无知己"。"江湖"不是"萍踪漂泊"，而是"四海为家"。"夜雨"的情调不是萧疏，而是静中有声、声中有静的"小夜曲"。"十年灯"不是凄清孤寂的漫漫长夜，却使我望见了自由女神手中高举的永恒之光。

第三辑

灵感的培养

古人说："文章本天成，妙手偶得之。"所谓"妙手"，就是神来之笔，也就是灵感。写文章必须靠灵感。灵感不来，即使对纸笔枯坐竟日，亦难得一句。有一位诗人写了一首很有趣的诗："我要寻诗定是痴，诗来寻我却难辞。今朝又被诗寻着，满眼溪山独去时。"这个"诗"字，广义地说是指灵感。他说没有灵感时，勉强作诗是个傻子，可是灵感找到你时，欲罢不能。而灵感在什么时候会来呢？就在踽踽独行于青山碧水之间的时候。

如此看来，灵感真好像是个小精灵，倏而来兮忽而逝，由不得自己做主。如真是这样的话，必须具备山明水秀，或明窗净几等极好的条件，才能静下心来写作。那么写文章就太难了。其实并不尽然，灵感并不是什么神秘之物，它就是你自己的方寸灵台，你平时对周遭一切事物的感受与体验。这一份感受与体验，就是你写作的无尽泉源。朱晦庵先生有一首诗，可以借来作为比喻："半亩方塘一鉴开，天光云影共徘徊。问渠那得清如许？为有源头活水来。"方塘就比如我们的心田，天光云影是一切世间相，你必须有源头活水来培育这一颗善感的灵心，灵感才能充沛。所以我说灵感不是从天上掉下来的，灵感全靠细心的体验感受和观察得来。这话说起来都是老生常谈，并无奥妙之处。可是要体验感受观察，却要有一颗悲天悯人的同情心。对世间芸芸众生，都要以"慈悲"之心去体察，才能获得"广大灵感"。

所以我认为有志从事写作，第一要有广大的同情心，时时体验人情，观察物态，然后以温柔敦厚之笔，写出真善美的文章。

举个例子来说，唐朝诗圣杜甫，他身经安史之乱，一生忧患备尝，很少有丰衣足食、窗明几净的环境供他吟诗。可是他的诗首首都是从心灵深处涌出的血泪文字。他的《北征》长诗之感人，可以上追屈灵均的《离骚》。他写尽了自己的流离颠沛之苦，描述了一路上哀鸿遍野的凄惨情景，更痛心于政治的紊乱、社会的不安定。一字一句，都是亲身体验所得。他并不是只关心自己痛苦的个人主义者，他爱国家爱同胞爱朋友，此所以他的诗写得如此之真，如此之善，如此之美，使千载后的读者，为之感慨唏嘘，可见得真挚感情的重要。刘彦和《文心雕龙》说："情者，文之经；辞者，理之纬。"白居易说："圣人感人心而天下和平，感人心者，莫先乎情。"章学诚也说："文不足以入人，所以入人者，情也。"都看重一个"情"字，情就是文章的灵魂。只有辞藻而无真情，就是没有灵魂的躯壳，就谈不到美，更谈不到善了。

所谓真情，并不一定是只写一己的感情，抒发一己的悲怨牢骚。对凡事凡物体会得深刻，写一切世间相都可以表现出真情，才能引发读者的共鸣。"世事洞明皆学问，人情练达即文章"，也就是此意。白居易写《长恨歌》不是自己的事，却写得如此悱恻缠绵、赢人热泪。司马相如为被废弃的陈皇后写了一篇《长门赋》，传闻武帝读后，深为所感，因而使陈皇后重获眷顾。相如写的也不是自己的事，可是他能设身处地体会一位禁闭在长门宫中失宠皇后的痛苦，才写得如此真切感人。这就是所谓的大慈大悲，广大灵感。

谈到设身处地，也是非常浅近的道理。俗语说"将心比心"，孔子说"近取譬，可谓仁之方也已"，就是设身处地为人着想。文艺心理学上有所谓移情作用，就是这种境界。将我的感情移注于事物，与该事物合而为一，亦即主观的体验。但在写作时，仍当由主观中跳出，用客观的态度描述才能逼真。王国维论境界有"有我之境""无我之境"，前者是主观的，后者是客观的，二者相辅而用，并不冲突。例如曹雪芹，他如阅世不如此之深，对大家庭的盛衰、爱情的痛苦冲突没有亲身经历，绝写不出一部《红楼梦》来。而《红楼梦》中每个人物，他都是客观地赋予独立的人格与个性；一个个刻画得惟妙惟肖，这才是千古不朽的巨著。

由此看来，写文章第一是真，真了才能谈到善与美。凡是真的，必定是善的，再加上文字的技巧，就自然美了。美与善也是不可分的，美的文章必定包含真，而不善的东西一定不会美。这是我个人不变的主张。文学理论家始终在争论的，就是一个作家应该为文学而文学，抑或为人生而文学。我想这根本是不必争论的。文学反映人生，文学绝无法脱离人生。唯美派的文学，所表现的也是人生的美。无论他写山水之美也好，写社会之丑也好，只要他是以全心灵写的，就是表现人生，也自然包含了善。韩昌黎的"文以载道"之说，看来虽然严肃了点，但这个"道"并没什么奥秘之处，它就是实用世界的一切世态人情的综合。人就是飞到太空中月球上，也不能离群索居，也得找个对象发表你的感情。无论什么文章，一写出来就发生了它的社会意义，也自然发生它的宣传作用。不要轻视宣传二字，宣传原是佛语"宣讲传述"之意，就是我内心的话要说出来，要你了解。生而为有感情思想的人类，谁能封闭自己的感情不与同类沟通呢？诗人说："得句锦囊藏不住，四山风雨送人看。"锦囊的诗句，尽管不是什么经世道理，尽管只是个人一时的哀乐之感，但送给人看了就发生共鸣作用，就是为人生而文学了。

再举个浅显的例子，主妇们洗手调羹，必须是色香味面面俱到。但进食的主要目的是营养，为了这个目的，必须要美化食物，使吃的人易于接受。那么营养是善的部分，色香味就是美的部分了。又如肃穆的教堂，一切建筑与雕刻，装饰与布置，弥漫着庄严的宗教气氛，使人们深深地感受到了，因而引发对宗教的信仰。这就是善与美的不可分，而善更有赖于美而臻于至善之境。因此我认为真善美的一致，是文学的最高境界。

中国历代妇女与文学

《礼记》说:"温柔敦厚,《诗》教也。"这是赞美我们一部最古的文学巨著《诗经》的话。我认为拿这话来赞美我们东方女性,是再恰当不过了。因为东方女性,最具有温柔敦厚的美德。从《诗经·国风》的许多篇章里,从古代的其他许多诗歌里,都可以看出中国女性含蓄宽恕的美德、坚贞高洁的情操。这些诗,有的是文士们替她们写的,有的是女性自己唱出的委婉心声,使我们现在读起来,还为之荡气回肠,低回叹息不已。例如《国风》的《邶风》中有四首诗是卫庄公夫人庄姜的作品。这四首诗是《绿衣》《燕燕》《日月》《终风》。庄姜是一位美丽高贵的女性,也是我国最早的女诗人。《卫风》中的《硕人》就是描写她的美丽容貌的，诗中写她："手如柔荑，肤如凝脂，领如蝤蛴，齿如瓠犀，螓首蛾眉。巧笑倩兮，美目盼兮。"更描写了她做新娘时喜气洋洋的盛况。可是庄姜是一个薄命的佳人，她没有生育子女，庄公为宠妾所惑，冷落了她，她在《日月》中悲叹着："日居月诸，照临下土。乃如之人兮，逝不古处！胡能有定？宁不我顾！"可是她有着充分忍耐的美德，在《绿衣》中，她勉强控制自己的哀痛说："绿兮衣兮，绿衣黄里。心之忧矣，曷维其已……绤兮绤兮，凄其以风。我思古人，实获我心！"庄公宠妾之子州吁侮慢了她，她写了《终风》一首以表明她坚毅勇敢的情操。当她亲如手足的宫中姐妹戴妫归宁时，她写了《燕燕》一首为她送行："燕燕于飞，差池其羽。之子于归，远送于野。瞻望弗及，泣涕如雨……"使千载后的读者，也不禁为这位命运坎坷的女诗人而泣涕如雨了。

此外《诗经》中更有许多不知名的女性作家，例如《柏舟》，是一个女子不得她夫婿的欢心，于极度悲愤中说出她的爱心仍坚定不移，她说：

"我心匪石，不可转也。我心匪席，不可卷也。"对于对方没有丝毫怨望之意，只是说："心之忧矣，如匪浣衣。静言思之，不能奋飞。"又如《郑风》的《子衿》是描写一个女子看见了青青的颜色，就想起她的情人所穿的衣服，她说："青青子衿，悠悠我心""青青子佩，悠悠我思"。可是盼望他久久不来，因而怀疑他是不是不给她书信了，是不是不再看她了，因而说："纵我不往，子宁不嗣音？""纵我不往，子宁不来？"但她仍在城门外徘徊等待，一天又一天。"一日不见，如三月兮。"这是多么缠绵悱恻，怨而不怒，哀而不伤的情愫啊！

古诗中也有描写女子爱得非常热烈，而失望后恨起来却也非常决绝的。例如《有所思》："有所思，乃在大海南。何用问遗君？双珠玳瑁簪，用玉绍缭之。闻君有他心，拉杂摧烧之。摧烧之，当风扬其灰。从今以往，勿复相思！相思与君绝。"在开始，她是如何思念远在大海之南的心上人，她要把双珠玳瑁的簪子赠送给他。可是一听说他另结新欢了，她一气之下，就立刻把簪子折了、烧了,而且当着风把灰都吹得无影无踪,从此不再想念他,从此与他决绝了,这也是爱之深而恨之切的表示,这首诗写来入骨三分。

尽管古代女性中有如此热烈露骨的感情表示,但大部分仍是极其含蓄蕴藉的,例如:"今夕何夕兮,搴舟中流。今日何日兮,得与王子同舟……山有木兮木有枝,心悦君兮君不知。"她所思慕的对方是个贵族,地位悬殊,她只能在心底默默地爱着。但对方知道了,竟跑来看她,有情人终成眷属,这是一段很美的爱情故事。

爱情专一不移,也可以从许多诗里看出,像《陌上桑》,使君想娶罗敷,她回答他说:"使君一何愚?使君自有妇,罗敷自有夫。"而且夸奖自己的夫婿:"为人洁白皙,鬑鬑颇有须,盈盈公府步,冉冉府中趋。坐中数千人,皆言夫婿殊。"不但婉转,而且非常幽默。

汉朝的辞赋家司马相如将再娶,他那位才华卓绝的妻子卓文君,作了一首《白头吟》来表明自己的心迹。相如深深受了感动,立刻打消了再娶之念。诗中说:"今日斗酒会,明旦沟水头。

蹀躞御沟上，沟水东西流。凄凄复凄凄，嫁娶不须啼。愿得一心人，白头不相离。"她只表明自己的心坚贞不二，只望能与所爱的人白头到老。这是东方古代女性的特色，不会做出那种合则留，不合则去，掉头拂袖的决绝神情。所以我说温柔敦厚，最足以描写中国古代女性的美德。连宋朝的名臣文天祥，都要借女性的口吻说："世态便如翻覆雨，妾身元是分明月。"来表明自己光明磊落的心迹。足见女子虽具阴柔之美，而阴柔却更包含着永恒的、无边无尽的爱与仁慈。

再说汉朝有一位女史学家班昭，她是史官班彪之女，班固之妹，伟大的《汉书》是由她续成的。她丈夫去世后被汉帝召入宫中，教后妃贵人诗书礼仪，号封"曹大家"，连大儒马融都向她请教。她确乎是位了不起的才女，可是她为嫔妃们写的《女诫》七篇，却是三从四德的典型礼教，压抑了同类的女性。这一半是由于汉代儒学定为一尊，治经书的道貌岸然的大儒们，以及万人之上的帝王，一定都有强烈的男性优越感。班昭出生长大在礼教环境中，纵有再高的才华，也摆脱不了传统的思想，因此她只是个史学家、道学家，绝不能成为文学家、诗人。她的生活中没有诗，她也不敢写流露真情的诗。她必须"笑莫露齿，立莫摇裙"，感情受了极度的压制，也就变得没有感情了。

可是女性的本色总是婉转缠绵的。感情遭到打击，常常是自悲自叹，或百般设法挽回。汉武帝的陈皇后被疏远了，退居长门宫。她听说司马相如工赋，特地送给他黄金百斤，请他代作一篇赋，描写她深宫寂寞之苦。司马相如为她作了一篇《长门赋》，使武帝读了都受感动。还有前秦时候窦滔的妻子苏氏，因丈夫带了宠姬在外做官，把她整个忘了。她于伤心之余，用丝线在锦缎上绣了两首回文诗，寄给夫婿，薄幸的窦滔受了深深的感动，赶紧来接她，夫妻得以破镜重圆。这两个故事，与卓文君的《白头吟》有异曲同工之妙。女性工于文学，而文学感人之深，竟可以挽回一个破碎的家庭。

三国时蔡邕的女儿蔡文姬，妙于音律，能诗善赋，班昭以后，她算是第一人了。可是她的遭遇却是可歌可泣的。她的丈夫卫仲道早死，回到娘家，正逢兴平之乱，她竟被匈奴掳去。做了左贤王的妾，还替他生了两个儿子。后来曹操可怜她的身世，用重金把她赎回，再嫁给董祀为妻。夫妻倒是恩爱甚笃，只是她丢下两个亲骨肉在匈奴，日夜思念，生离死别之痛，使她写下了一字一泪的《胡笳十八拍》。这首配以胡乐的悲歌，在文学史上有极高的地位。其中最沉痛处，就是自述她回国别子的几段。如"与我生死兮逢此时，愁为子兮日无光辉。焉得羽翼兮将汝归，一步一远兮足难移。""今别子兮归故乡，旧怨平兮新怨长，泣血仰头兮诉苍苍，胡为生兮独罹此殃。""天与地隔兮子西母东。苦我怨气兮浩于长空，六合虽广兮受之应不容！"思子之情，肝肠寸断，读之令人鼻酸。她还作了一首《悲愤诗》，也是叙述母子诀别时的惨痛情景的。她说："欲死不能得，欲生无一可，彼苍者何辜，乃遭此厄祸？……去去割情恋，遄征日遐迈。悠悠三千里，何时复交会。念我出腹子，胸臆为摧败。"骨肉分离生死别，问人生到此，能不凄凉。

以上举的大都是遭遇坎坷的女子，借文学传出她们悲苦的心声。唯其如此，她们的作品，也特别荡气回肠。所谓"赋到沧桑句便工"。现在让我来提一位有男子洒脱之风的特殊女性，她便是晋朝宰相谢安的侄女、王凝之之妻谢道韫。她才华横溢，胜过诸兄，也胜过丈夫与小叔。有一天下雪，谢安问侄子雪像什么，侄子回答说"撒盐空中差可拟"，道韫说还是"柳絮因风起"更像些。因此后人称她为"咏絮才华"。又有一次她的小叔与人辩论，辩不过旁人，她在青纱帐后面替他辩论，客为所屈。所以，"纱帐解围"在我国成了女性的佳话。她初嫁时还嫌她夫婿才学不及她，郁郁不乐，向她叔父谢安抱怨说："想不到天地间竟有这样一位王郎。"可见她的自视不凡。可惜这样一位才华卓绝的女子，晚年命运也很坎坷。因为丈夫为孙恩的乱兵所杀，她还抽刀手刃了好几个敌人。孙恩敬佩她的义烈，没有杀她，使她寡居终老。那以后岁月的凄凉，也就可想而知了。

唐朝在文学上是个辉煌的时代。从《全唐诗》

中，可以看到许许多多哀怨凄恻的宫词。这些宫词，有的是文人们替宫女申诉委屈的，有的是她们自己在深宫中偷偷写来解愁的，现在我只举两个被传诵的动人故事，以见宫女生活的悲苦。唐玄宗时，命宫女为边疆的驻军缝制征衣，有一个兵士在袍中发现一首诗："沙场征戍客，寒苦若为眠。战袍经手作，知落阿谁边。蓄意多添线，含情更著绵。今生已过也，结取后生缘。"兵士不敢隐瞒，将诗呈给主帅，被皇上知道了，遍问宫中是哪个作的诗，有一个宫女跪地流泪承认了。开明的皇帝怜悯她的一缕痴情，对她说："我为你们结今生缘分吧。"就把这个宫女嫁给得诗的兵士了。还有一个更神奇旖旎的故事：天宝年间有一位书生顾况，有一天在洛阳与朋友游花园，在流水中捡起一片大梧桐叶，却发现叶上有娟秀的字迹题着一首诗："一入深宫里，年年不见春。聊题一片叶，寄与有情人。"顾况有所感，随即也题了一首诗在一片叶上，漂于波中。他的诗是："愁见莺啼柳絮飞，上阳宫里断肠时，君恩不禁东流水，叶上题诗寄与谁。"不料十余日后，他又在水沟中得一诗："一叶题诗出禁城，谁人酬和独含情。自嗟不及波中叶，荡漾乘春取次行。"传说此事被皇上知悉，便将题诗的宫女嫁给了顾况，以成人之美。像这样姻缘巧合的事，可说是皇天不负苦心人了。但从这两段佳话中，可以看出宫廷女子文学修养之深，也能看出她们深宫寂寞、虚度芳华的苦闷。

唐朝除宫女以外，更有两种生活环境特殊的女性，一种是官妓，一种是女冠（女道士），她们所交往的都是一时的达官显要、文人学士。她们个个都能诗画琴棋，与文人学士唱酬应答。她们的艺术修养，深深为文士们所倾倒。她们的生活是多姿多彩的，思想是自由的，因此她们的诗作得比一般家庭妇女更出色，更富于浪漫气息。那时最负盛名的一个官妓是薛涛。她是四川人，她的住宅旁边有一口井，井水清洌，她尝拿这水自制一种深红小彩笺，以便题诗。一时文士都仿效她的小笺式样，名之薛涛笺，名那口井为薛涛井，可见时人对她的倾慕。但她尽管锦衣玉食，周旋于富贵场中，她的内心仍旧是空虚寂寞的。

这从她的三首《春望词》中可以看出来,《春望词》之一云:"风光日将老,佳期犹渺渺,不结同心人,空结同心草。"难怪另一位名妓徐月英的诗低诉道:"为失三从泣泪频,此身何用处人伦。虽然日逐笙歌乐,长羡荆钗与布裙。"三从四德虽然予人精神上以莫大拘束,她们却宁愿退出紫陌红尘,做个平平凡凡的家庭妇女呢。

另一种更特殊的女性是女道士,鱼玄机是其中最有名的一个,她本来是官宦人家的侍妾,因爱衰出为女冠。她有一首诗说:"易求无价宝,难得有心郎,枕上潜垂泪,花间暗断肠。"像这样坦白大胆地吐露心事,在当时一般家庭女性是绝对不敢出口的,但也由此见得她对爱情的认真与期望的渴切了。

宋朝是词的极盛时代,因为柳永的词,通俗普遍到了凡有井水处,都能唱他的词。所以民间妇女,很多都会作词。《宣和遗事》中记载着一段很有趣的故事。宣和上元灯节,徽宗下令允许仕女任意参观享乐,并各赐酒一杯,有一个女子偷取了一只金杯,被卫兵发觉了,押到皇帝的面前，这女子却不慌不忙随口唱出《鹧鸪天》一首："月满蓬壶灿烂灯，与郎携手至端门。贪看鹤阵笙歌举，不觉鸳鸯失却群。天渐晓，感皇恩。传宣赐酒饮杯巡。归家恐被翁姑责，窃取金杯作照凭。"皇上听了大大地高兴，不但把金杯赐给她，还命卫兵好好护送她回家。

与唐朝一样，宋朝的官妓，也个个都有很好的文才，大文豪苏东坡极赏识一名歌妓琴操。有一天东坡与朋友们宴饮，座中有客唱一首少游最出名的《满庭芳》词，可是却把第一句末二字"谯门"误唱为"斜阳"，与以下韵脚完全不对了。聪明的琴操却把以下所有的韵脚，全部边唱边改，一律改为七阳韵。兹将原词与她所改的，录在后面，以见她的机智与才华："山抹微云，天连衰草，画角声断谯门（斜阳）。暂停征棹，聊共引离尊（觞）。多少蓬莱旧事，空回首、烟霭纷纷（茫茫）。斜阳外，寒鸦万点，流水绕孤村（空墙）。销魂（魂销），当此际，香囊暗解，罗带轻分。（轻分罗带，暗解香囊。）谩赢得青楼，薄幸名存（狂）。此去何时见也，襟袖上、空惹啼痕（余香）。伤情处，高城望断，灯火已黄昏（昏黄）。"

此外李师师是徽宗时首屈一指的名妓，徽宗非常赏识她，时常去她家饮酒对弈。有一天，大词人周清真正在她家，忽报皇上驾到，清真退避别室，直等徽宗去后，他才出来告别。并填了一首《少年游》，送李师师，就是描写师师与徽宗对话的情形的："并刀如水，吴盐胜雪，纤手破新橙。锦幄初温，兽烟不断，相对坐调笙。低声问向谁行宿，城上已三更。马滑霜浓，不如休去，直是少人行。"足见当时的旖旎风光。

有宋一代的词人，数不胜数，无论是豪放与婉约，都已到了登峰造极之境。可是最值得我们大书特书的却是那位有史以来最伟大的文学家李清照。她的成就在女界可说是前无古人，后无来者。李清照自号易安居士，幼承家学，嫁给赵明诚后，夫妇生活极为风雅绮丽。她丈夫喜金石书画，收藏极多。常常典质了衣服去相国寺买碑文，也买些零食回来，夫妻相对边吃边赏玩。有时坐在归来堂中，指着某事在某书某卷某页某行，以中否赌负胜，笑得把茶都拨翻了。像这样风雅悠闲的生活，真可称得上神仙眷属。在他们的一次别离中，易安写了一首《醉花阴》词，寄给赵明诚，明诚苦思了三天三夜，作了五十多首同调的词，把妻子的一首混在其中，请朋友品评哪一首最好。他朋友念出二句他认为最好的，"莫道不销魂，帘卷西风，人比黄花瘦"，却正是易安所作，做丈夫的也只有心折了。

令人叹息的是福慧难以双修，他们的幸福日子并不多，在战乱转徙中，他们宝贵的书籍不得不一批批忍痛地丢弃了。不久明诚去世，剩下孤孤单单的她，流离转徙，晚年卜居金华，过着孀居的凄凉岁月。她的《武陵春》词中写道："风住尘香花已尽，日晚倦梳头。物是人非事事休，欲语泪先流。闻说双溪春尚好，也拟泛轻舟。只恐双溪舴艋舟，载不动许多愁。"物是人非，凄凉无限。莫说舴艋舟载不动她的愁，就是千载后的万千读者，也似乎分担不尽她的愁呢。易安不但是词人，而且工诗，胡松年等奉命使金，她作诗送他们，最沉痛的句子是："子孙南渡今几年，飘零遂与流人伍。欲将血汗寄山河,去洒东山一抔土。"足见她一腔伤时忧世的爱国热忱。她的《金石录后序》历叙她的一生遭遇,更是一篇感人的散文。她因才华卓绝,眼界自高,对苏轼、柳永、秦少游、欧阳修、晏殊等大名家词,都有不满意的批评,而且说得都非常中肯。但正因她才识太高,也许遭受时人之忌。后来竟有人诬蔑她,说她晚年又改嫁张汝舟,这是大大地冤枉了她。其实她纵使改嫁,也不足以影响她在词坛上的地位,更何况是捕风捉影的谣言呢。这只要读她那首《武陵春》的后半阕,就可了解她的心早已如死灰槁木,再也无意寻春了。

易安以后,还有一位薄命女词人朱淑贞,她自号幽栖居士,才华虽不及易安,但亦颇有可观。她的词集叫《断肠词》,为后世所传诵。至明末又有一个柳如是,她工诗擅画,嫁给名士钱牧斋。夫妇感情弥笃,钱对她说:"我爱你白的皮肤黑的头发。"柳对他说:"我却爱你黑的皮肤白的头发。"可惜她的丈夫晚节不终,做了清朝的官吏,她愤而出家。牧斋死后,她也自杀殉情了。似这样烈性的女子，也是值得特别一提的。

清初，由于诗人王渔洋对女性文学的倡导，女诗人就像雨后春笋似的，其蓬勃的盛况前所未有。王渔洋诗主"神韵"，声望披靡天下，一时文士，仰之如泰斗。尤其女士们，能得他的一句品题，便身价百倍。他以后有袁子才，更是奖掖女性，不遗余力，有《随园女弟子诗选》。他作诗主张风趣性灵，不拘格律，文字浅显如白话，影响于妇女思想极大。可是却惹恼了道学先生章学诚，骂袁为无耻妄人，还特地写了一篇《妇学》，专攻击随园，反对妇女公开作诗应酬。可是他的反对并没有限制女子才华的发挥。随园以后，女诗人辈出，蔚为百年间妇女文学的极盛时期。这是清代文学界的特殊现象。随园女弟子的诗，最足以表现女性的柔美。其中最杰出的当推席佩兰。席佩兰夫妇感情很好，只是爱儿夭折，她作了一首《断肠词》，最后几句是："一杯凉酝奠灵床，滴向泉台哭断肠，谁是酒浆谁是泪，教儿酸苦自家尝。"读之教人酸鼻。

在清代特别值得一提的是仁宗时有一位杰

出的女词人吴藻,她字蘋香,著有《花帘词》与《香南雪北词》。她多才多艺,工诗善琴,娴音律,词尤为同时的士女们所倾倒。许多人都向她讨词,想见她风流潇洒的一派名士风度。她的词才情风格至高,有苏辛的豪放,不作儿女态,吟咏性情,又浅近得像白话。与纳兰容若同是清代词坛的两朵奇花。可惜的是她丈夫不是个文人,夫妻间说不上唱酬之乐,所以婚姻生活并不很美满。三十岁以后,她丈夫也去世了,她就一个人孤单单地隐居在浙江南湖,断绝了文字姻缘。在她的《香南雪北词》中,她自序道:"十年来忧患余生,人事有不可言者,引商刻羽。吟事遂废……自今以往,扫除文字,潜心奉道。香山南,雪山北,皈依净土。几生修得到梅花乎?"辞意凄绝。她的一首《浣溪沙》词,最为人所传诵:"一卷《离骚》一卷经,十年心事十年灯,芭蕉叶上几秋声。欲哭不成还强笑,讳愁无奈学忘情,误人枉自说聪明。"哀婉凄怆,可为她晚年生活的写照。

这些女士,诗才虽高,究竟跳不出春愁秋怨、个人悲欢离合的范围，因此使我们想起清末民初的一位女界豪杰秋瑾。秋瑾读书通大义，工诗、文、词，能骑马，善饮酒，一派丈夫气概，自号鉴湖女侠。后因与先烈徐锡麟推翻清政府，事败为清廷所杀。临刑时索笔沉痛地写下了"秋风秋雨愁煞人"七个字，而从容就义，名垂青史。她的诗如其人，一扫缠绵婉转的儿女态，而多慷慨激昂之音。有一首律诗最足以代表她的豪迈作风，兹录如后：

> 漫云女子不英雄，
> 万里乘风独向东。
> 诗思一帆海空阔，
> 梦魂三岛月玲珑。
> 铜驼已陷悲回首，
> 汗马终惭未有功。
> 如许伤心家国恨，
> 那堪客里度春风。

满腔报国热诚，溢于言表。又一首《满江红》

词中有几句道:"身不得,男儿列。心却比,男儿烈!算平生肝胆,因人常热。俗子胸襟谁识我?英雄末路当磨折。莽红尘何处觅知音?青衫湿!"更可见她磊落的胸怀。

在当时,一班护道者对女性提倡三从四德,施以严厉约束的情形下,竟能出现像秋瑾这样的女豪杰,不说她在革命上的贡献,就是诗词方面能摆脱女性一贯的柔弱作风,在文学史上的地位也是不朽的了。

中国历代的女性,与文学结下这样的不解姻缘,而且她们的造诣并不逊于男性作家。这是中国女性足以自豪的。究其原因,女性在文学上有如此辉煌成就,也绝不是偶然的。在我看来,中国文学是倾向于蕴藉婉约的,所谓不失其温柔敦厚之旨。而蕴藉婉约、温柔敦厚的作品,由女性自己来着笔,自更显得出色当行。女性写作,完全是基于为艺术而艺术的动机,不求名利显达,只凭一片真挚的感情,写出她们的欢笑与眼泪。所以她们的作品是天地间的至文,是值得我们反复欣赏的。

最后，我更要强调的是中国文学既以温柔敦厚为主，而温柔敦厚的文学，正所以发扬人性至高无上的美德，那就是仁慈、友爱、互助、宽恕。今日自由世界与极权奴役残暴相对抗，最后必能获得胜利者，就是仗着这颗仁慈的爱心。因为世界上只有一个真理，那就是爱。

介绍韩国作家孙素姬女士

——兼谈韩国文坛

　　孙素姬女士是韩国极负盛名的小说家之一，也是最受年轻学生们欢迎的女作家之一。她的作品主题很广，而笔触婉转细腻，尤长于刻画女性委婉倔强的心理，充分表现了东方女性的特质。

　　我于一九六四年春到韩国，得与孙女士有三次会面的机会。第一次在金浦国际机场。《女苑》月刊社社长为我们介绍了四位到机场欢迎的当代名女作家，孙女士便是其中之一。她露着洁白的牙齿，向我们灿然微笑，眉宇间有一份东方女性的古典美，我心中一下子就对她有了好感。我再仔细端详她，她乌黑的柔发，不像其他几位挽成高髻，而是云鬟低垂，在后面夹一个绿色的夹子，与她浅绿的薄纱韩装非常调和。她皮肤细洁，薄施铅华。浅淡的口红，勾出两片薄薄的嘴唇。天然的眉毛，配着微微下垂的眼梢，显得她的眼神格外含蓄。她一直微笑着，纵然不语，亦自亲切。

第二次见面就在当晚的欢迎酒会上。通过翻译，我们做了十几分钟的交谈。她说她的兴趣在写小说，散文写得极少。她愿以文学的技巧，表现人性的优点与缺点。《女苑》月刊主编告诉我说，她的表现手法极新，而且常采取现代文学的技巧。无论长篇短篇，结构都很严谨，此所以年轻一代的读者也都非常喜欢读她的作品。在韩国，一个从事写作的人，要想自己的作品能与广大读者见面，并不是一件容易的事。至于成名，更非易事。因为韩国的报纸副刊，除每年元旦举办一百万元韩币的征文比赛，由权威作家评审，获奖作品另辟专栏刊登外，平时绝不登纯文艺作品，而只登有新闻性或历史性的所谓通俗小说，仅供一般人消遣。因为他们认为报纸只是大众传播工具，没有永久价值。纯文艺创作，必须刊登在杂志上。刊登出来的作品，是经过由成名的前辈作家所组成的评审会评审通过的。年轻的作者们，为了表示对某一位大作家的仰慕，可以指定请那一位主审，但如果他或她的作品被推荐来了，就得再受文艺批评家与读者的严格评价，如认为不够水平，则杂志主编与评审人都将受到严厉的指责。所以评审人的态度必须非常客观公正，丝毫不得涉及私情。作家从作品见诸杂志到成名，要经过一段长期的考验。绝不是杂志主编在旦夕之间可以捧红的。作品须每年由前辈作家推荐至二次三次以上，直至严格的批评家们公认为是那一年度的佳作，那一位作者才算稍有名气。但此后每年必须提出有代表性的佳作向读者交代，否则就难以维持不衰的盛誉。因此他们绝不容闭门造车，而是多方观摩，再经匠心创造。

孙女士自感英文阅读能力不够，于四十岁以后再进外语大学攻读英文，足见其学习精神。她可以通过英文或日文，读其他各国的小说，她也希望读到中国近代的小说。只可惜我国近代作家的小说，译成英文的并不多，译成韩文的更少。几篇刊登在《女苑》月刊的小说，也还是通汉文的韩国人权熙哲先生的译笔，而权先生本人并非小说作家。韩国人对中国文学的研究不遗余力，汉城大学与成均馆大学的中国文学系教授讲师们，都在他们的刊物上发表对中国文学研究的专论。只是尚无暇及于中国近代小说或散文的介绍。

韩国是从艰苦中复兴起来的国家，加上他们三面环水的地理环境，造成他们特殊深沉与敏感的民族性。因此在文学上，他们易于接受新知，也富于独立的创造精神，在各方面都能迎头赶上。现代文学思潮，使韩国文坛更有崭新的面貌。孙女士是被称为第二代的作家，就是六十岁以上的前辈作家们，思想内容与写作技巧也一点不落伍。每年刊登出来的作品都非常扎实。因为他们负责评审年轻一代的作品，他们自己也在受批评家们最严格的审评。年年面临考验，永远赶上时代，绝不至受"进博物馆"之讥。韩国评审制度的公平，态度的认真，是值得我们借鉴的。

我与孙女士第三次会晤是在昌德宫的秘苑。秘苑是李朝皇族的私人花园，我以贵宾身份，步入繁花如锦的公园，挽着我的就是孙素姬女士。她比较沉默寡言，加以言语隔阂（她听得懂英文，但只能说几个单词，我又不懂韩文），所以未能畅所欲谈。但彼此间的微笑颔首，也可互通情愫。那天她着的是茶绿印黑花上装，配上月白色拽地长纱裙。胸前结着长长的飘带，显得格外风姿绰约。我与她在绿云浮动的银杏树下拍了张照。她采了殷红的枫叶与苹果叶送我。在中国江南的秋天，才是"霜叶红于二月花"，而韩国这种五爪枫，却是春夏季节一直红的。苹果是韩国特产之一，味尤鲜美，月下的苹果林尤为诗人们所歌颂。韩国虽艰苦而气象清新，国民乐观活泼，在各方面都显得有成果，苹果的肥硕也是一种很好的象征。

孙素姬女士于一九一七年生于咸镜北道，成名于她四十岁左右，她的代表作有长篇小说《南风》《原色之季节》《太阳之诗》《太阳之溪谷》等篇。《南风》连载于韩国最佳纯文学杂志之一的《现代文学》，已出版单行本。一九六〇年她曾获汉城市文学奖，一九六四年再获韩国最具权威性的奖"五月文学奖"。孙女士现任韩国笔会理事与韩国妇女写作协会督察。她的短篇小说较具代表性的有《莉拉的故事》、《香蒲发芽时》与《柿子红了》等篇。《柿子红了》的英译刊于韩国一九六五年六月号英文版《笔会杂志》。由我转译为中文,刊于林海音女士主编的《纯文学杂志》创刊号上,是她较近期的作品。该篇译毕,我刚巧收到她的来信,她告诉我《柿子红了》一文是她近作中比较喜欢的一篇小说。她笔触细腻生动,故事也表现了东方女性的传统容忍精神,所以我把它试译出来。可是我对韩文,只会说一句"安宁喀哂啊"(再见)。所以只能由英文辗转翻译,是否失去原作的精华就很难把握了。

《印度古今女杰传》读后

糜文开先生的女公子糜榴丽女士编著《印度古今女杰传》的增订本,于一九六八年一月由三民书局出版。增订的第一篇《女总理甘地夫人传》,是由她就读师大外文系的妹妹咏丽女士执笔完成的,使此书能尽快与读者见面,这是特别值得庆贺的一件事。

本书分现代与古代两部分,而将毕生为印度的自由独立而奋斗的英国女杰贝桑夫人附录为第三部分,可谓别有见地。

十余年前,我拜读糜先生翻译的《奈都夫人诗》,对这位光芒万丈的女诗人、女政治家钦仰莫名。如今重读这本传记,惊奇于印度现代女杰之辈出,深感具有数十年妇运历史的中国现代女性，真有望尘莫及之叹。我原是个对政治没有兴趣的人，而当我读这几篇传记时，她们对祖国、对人类热切的爱，她们克服艰难的机智，她们威武不屈的精神，深深地启迪了我，使我领会了什么是大仁、大智、大勇。而造物赋予人类的心性德行，原是无分男女，都一样完整的，只看你是否能把握和发扬光大就是了。

我反复地读着《女总理甘地夫人传》，深深了解其人格的完成断非偶然。第一是幼年时期她的双亲因革命常遭逮捕，燃起她对蛮横行为的反抗心理。她父亲自狱中对她勉励说："不管前途充满多少荆棘，我们必须永远记住，决不能做任何使我们神圣历史使命蒙羞的事。"语重心长的话在她心中撒下革命的种子。诗人泰戈尔所表现的艺术的浑然完整性，更陶冶了她伟大政治家的胸襟，使她在动乱中获得生活的平衡与精神的宁静。她的成就，并不全由于她父亲的声望，而是由于她本身的才华。

在《奈都夫人传》中，极使我感动的是她接受英国文学批评家的启示，掉转笔锋写她自己祖国的风土人情。以全部心魂灌注于诗篇，呼唤印度国魂的苏醒和新印度的诞生。这位爱国诗人，血液中原奔流着革命的热情。她响应甘地的号召，毅然放弃罗曼蒂克的诗歌生活，献身革命，以烈火般的演说，代替了诗歌。作者糜榴丽女士说："她的演说真伟大，这是用思想的经，感情的纬，编织成的演说。有节奏有旋律，真像一首配上了乐曲的感人诗篇。"连甘地都因读她的诗而获得政治的灵感，其感人可想而知。

她从事妇运工作，争取女性独立。但她爱家庭，爱子女，提醒大家千万不能忘掉做一位贤妻良母，这是值得我们女性深深体会的。

赛珍珠写的《女大使潘迪夫人传》，由于马均权女士的译笔流畅传神，读来像一篇情趣横溢的短篇小说，使我们对这位杰出女外交家的幼年家庭背景和婚姻生活都有了一定了解。她因受西方民主思想的洗礼，所以痛恨婆罗门阶级意识和对妇女的压迫。她独立不拘的性格，使她对印度乃至全世界将有更辉煌的贡献。

更有高尔夫人，她放弃了高贵的公主生活，

布衣素食，终身不嫁，献身革命工作。她是甘地的秘书，也是印度妇运的先锋。她同情贱民阶级的妇女地位。就任卫生部部长以后，更成为难民们的慈母。在如此繁忙的工作中，她还有闲情打棒球、编字典，其才华气度可以想见。我闭上眼睛，可以想象一位穿着印度服装白发如银的老妇人，慈祥亲切一如常人。

另一位甘地的信徒与妇运的领导者就是阿里夫人。作者薛留生先生详尽的报道，使我们对这位女斗士的高瞻远瞩与独立不惧的精神，肃然起敬。

此外，《女画家安列妲葛尔传》，对我们的启示是她的自由意志和创造精神。她决不因袭欧洲或印度的古代画法，而是糅合了两者的特征，创造了崭新的典型——是印度的不是西欧的。这就是她的伟大之处。一位有天才、有气魄、有卓见的画家，必能撷取其他国家的精华，糅合于本国民族精神之中。透过自己的文化传统，发出光辉，这才见得真正的艺术生命。

读了六位印度现代女杰的故事，她们伟大的

人格与光辉的功业，真使身为女性的我们感到振奋。生于二十世纪七十年代的中国女性，应当如何自强不息，发挥女性的才华智慧，使我们拥有几千年文化传统的国家，也出几位现代女杰呢？

本书第二部是印度古代后妃公主们传奇性的故事。多彩多姿，引人发思古之幽情。我读它们时，就好像在观赏彩色宫闱电影，随着作者妙曼婉转的笔触所叙述的曲折故事，心绪为之波澜起伏。每篇都使我反复低回，一读再读。糜文开先生写的《奇后泰姬传》，笔致雅健雄深如司马迁的《史记》。最后的论赞，更是驰骋纵横，别饶情趣。篇后附了罗家伦先生《咏泰姬陵》七绝十一首和作者自己的七律一首，尤为本篇生色不少。

罗尼莲娘镜中美人的故事，使我神往不已。莲娘对夫婿坚贞的爱和抗拒强敌的机智，表现了东方女性的烈性。女杰美德比姊，以一身系两国安危，亲赴战场指挥作战，安抚将士，挽救了垂危的祖国。其事迹颇似我国宋代女英雄梁红玉、名垂青史的女烈士秋瑾。她喊道："不牺牲生命，就牺牲人格和灵魂，你们愿意牺牲祖国，还是牺牲自己？"虽然这是古印度公主的呐喊，可是她坚定凄厉之音却震撼着千年后我们的心魂。另一位抗英民族女杰兰克喜弥蓓的英勇事迹，读来令人荡气回肠，这两篇都由糜榴丽女士执笔。她在有限的史料中，以如此生动淋漓之笔，描写了她所倾慕的女英雄。

　　读完这本书，掩卷沉思，感触万千。我已从字里行间接触到各位作者深邃的心灵。为了发扬女性的光辉，他们千方百计地搜集文献史料，写下宝贵的篇章。阅读本书不仅是欣赏动人的故事和优美的文章，更要深深领会本书的含义——一个至高至上的真理，那就是人类爱、民族爱，能使表面上文静柔弱的女性，发挥殉道的精神，而成为名垂千古的贤哲与英豪。

糜著《诗经欣赏与研究》跋

糜文开伉俪合著的《诗经欣赏与研究》一书，熔文学趣味与学术研究于一炉，深入浅出，对爱好文艺与向往古典文学的青年，启迪尤多。适宜于青年学子自修或大学教授采作教本。故此书自一九六四年由三民书局出版迄今，已销售至三版，博得学术界前辈们一致的赞誉与推崇。张其昀、邢光祖、苏雪林、戴培之诸先生都曾著文推介。邢光祖先生具体地提出四点优点：

一、于文字音韵，文法章法，皆旁证博览，比较归纳，纯采现代的科学方法；二、孤证不立，反证姑存，不剿拾旧说，不标新立异。辩诘尊重他人意见，词旨笃实，文体简洁，不盛气凌轹，不支离牵附，有雕蓣的余绪；三、除科学的训诂考核外，尤能时时不忘诗本身的文学价值与鉴赏；四、治学题材范围狭而精，与一般泛而无所得者不同。

邢先生此语是非常确切中肯的评介。

笔者与糜先生伉俪相识有年。对两位学人治学态度之认真严肃、研究方法之周详精到，万分钦佩。他俩回台三年来，时常得向他们请益。今年五月间，糜先生又入泰国，留下半学期的"诗经研究与欣赏"一课，暂由我代授。临行前，他俩将赶写完成的《诗经欣赏与研究续集》付印，嘱我代校第三校。去泰后来函说我既已将《初集》《续集》都重温一遍，一定要我写一篇跋文附后，我实在不敢当此重任。可是再三固辞不获，只得把个人读《初集》《续集》的心得，做个报告。

一、研读方法的正确

于《初集·郑风·风雨》篇，作者论《诗经》读法，谓朱熹与崔述的读《诗经》，都是非常得法而彻底的，但他们仍引朱子自己的话："被旧说一局局定，便看不出了。"批评朱、崔二氏有时仍不免囿于旧说成见，因而解《风雨》篇为一首淫诗。他们则认为此诗是描写妻子于风雨之夜，苦盼夫婿。而夫婿乃于风雨中归来的快慰心情。真是别有见地。

又如《续集·郑风·女曰鸡鸣》篇，作者摆脱了毛序的"刺不德"，朱传的"贤夫妇相警戒"等道学先生的说法，并认为姚际恒的"夫妇帏房之诗"的说法亦有未妥。而旁征博引了闻一多、屈万里诸氏的释义，细细玩味诗文本意，解释此诗为一对未正式结婚的青年情侣，补行赠佩、委禽、合卺等礼的情态。全诗以对话方式，写出他们蜜月爱情生活的兴奋快乐。这解释既有根据，又合情理，并重视了古代社会的生活形态、古代民族的文学趣味，赋予此诗以崭新的面貌，也许就是它的本来面貌，实在是难能可贵。

全书中似这样卓越的见地，精辟的解释，随处都是，足见他们研读的客观与深入。主要的是他们能全部摆脱门户之见，就原诗虚心熟读，徐徐体味出诗文本意来，并辨别各篇各类以至一字一句的异同，以求其特征与共相。同时仍得复核以前各家旧说，做客观的分析，是则从之，非则正之。若一意标新立异，纵使可以耸动视听于一时，到底还是站立不住。

于《初集·自序》中，他们介绍了瑞典汉学家高本汉的科学方法两步骤，认为第一步骤的工作，马瑞辰、高本汉二氏有最高的成就，可作为参考，第二步骤的工作，则在清代学者中，以姚际恒、方玉润二氏用力最勤。糜氏夫妇就是遵循高本汉的科学方法，综合朱、崔、马、高、姚、方六人之业绩而获得新成就者。

于《续集》所收糜先生的《孟子与诗经》一文，对孟子的读《诗》法："故说《诗》者，不以文害辞，不以辞害志，以意逆志，是为得之。"加以阐述说："孟子要我们从原诗的一个字一个词到一句一章一篇地仔细玩味，以体会出作诗者的原意来。"他们并在云汉的评解中，予以补充说："所以我们读《诗》，重在玩味原诗字句，以推求诗意。至于前人成说，如《诗》序所提供的各篇时代与作者以及诗旨等，我们要小心求证，无证不信。没有佐证，宁可阙疑。求证则要向郑玄以前的古籍中去探寻。魏晋以来新发现的材料可靠性较弱，不可轻易采信。这是我们研读《诗经》所要遵守的方法。"于此可以知道糜氏夫妇研读《诗经》的工作，是何等的严正有方。他们于反复玩味、小心求证之际，功夫细而且深，读这《续集》的七十二篇欣赏，当更可以体味得出来了。

二、五部式著述法

《初集》《续集》都仿效方玉润《诗经原始》的五部式 (1) 小序 (2) 原诗 (3) 主文 (4) 注释 (5) 标韵，改为 (1) 小序 (2) 原诗 (3) 今译 (4) 注释 (5) 评解（《初集》称主文），对于读者的研习，极为便利。小序兼采戈提斯英译雅歌题后诗前的开场白式，先把原诗做个简明扼要的介绍，继之以活泼风趣的今译，详尽的注释。尤其可贵的是评解（主文）内容之丰富，见解之精辟。例如《初集·生民》篇主文谈希腊、印度、中国史诗和神话,《噫嘻》篇主文将《旧约》雅歌、印度吠陀赞歌和《诗经》的"国风"做一比较。以研究印度哲学文学专家的眼光,分析《诗经》,对我国这部伟大的史诗,贡献更多。又如《续集》第五篇《云汉评解对写作技巧的研究与欣赏》,可说已至登峰造极之境,予学者以无穷的启迪。二十九篇《桑中》,三十篇《伐柯》评解,对诸家注释的批评取舍,证之以周代社会礼俗,最后对《桑中》篇下结论说:"故此诗非刺奔刺淫,乃刺自夸美女期我要我送我者之妄想耳。"否定了毛序朱传的成说,恢复此篇"里巷歌谣"与"男女相与歌咏"的本来面目。于《伐柯》篇,推翻了"美周公"的旧说,将首次两章都解作比与赋,确定为咏婚姻,描写新娘进门时一片喜气洋洋的景象。这种新的欣赏观点,越发显出了《诗经》的时代意义。

三、今译功夫

在三千年前,《诗经》原应该是当时的口语文学(尤其是"国风"之部),可是到了三千年后的现代人心目中，却是古典文学。许多难字难句，费了历代学者多少考证揣测，却因为时地的变迁，究竟是什么意义，无法起古人而问之。所以自汉儒以下，解经都未免有牵强附会之处。即以朱熹的善疑，尚不能全部摆脱旧说。糜氏夫妇乃遵照高本汉的科学方法，参酌各家注释，更依据先秦时代的社会风俗，心理人情，婉转体会，然后采取民间歌谣，五七言长短句，五四以来流行的白话诗体，惟妙惟肖地翻译出原诗的奥妙精微之处。以口语文学还它口语文学的面貌。诚如苏雪林教授所说的："量体裁衣，按头制帽，是以每首诗都翻译得如初写黄庭，恰到好处。并且常有出人意料的神来之笔。"

读《初集》《续集》的今译，处处令人有身历其境之感。例如《桑中》篇，就是采用民歌体的，兹抄录原诗今译第一段，以便欣赏：

爰采唐矣？（女声问）　　你到哪儿去采蒙菜啊？
沫之乡矣。（男声答）　　我到沫邦的乡下采啊。
云谁之思？（女声问）　　你想追的是谁家姑娘啊？

美孟姜矣。（男声答）　　　漂亮大姐她姓姜呀。
期我乎桑中，（众声合唱）　　她约我在桑中，
要我乎上宫，　　　　　　　她邀我去上宫，
送我乎淇之上矣。　　　　　她送我到淇水上啊。

糜氏非但把朱子所谓"男女相与歌咏"的民歌风格译出，而且把《桑中》诗里对约女郊游者的嘲弄意味也活生生地表现在眼前，功夫的高超，可见一斑。

今日流行歌曲的曲子单调，歌词肤浅贫乏，有识之士无不有此同感。而歌星却如雨后春笋，蓬勃地产生。为了复兴固有文化与推广社会教育，作曲家与作词家们，大可参考糜氏《诗经》今译的美妙口语，铿锵的音调，表现出中国人自己的民情、风俗与感情，才是真正属于中国人的流行歌曲。这是我附带的一点感想。

据我所知，糜氏伉俪写《诗经》欣赏，有时各选一篇写完后交换着修改润饰（有些两人不同意见尚保留在注释与评解中），有时选一篇两人分工合作。他们为一字一句的注释或今译的推敲

思量，往往徘徊庭院，废寝忘食。这种焚膏继晷的治学精神，真值得钦佩。

四、精确的统计

他们以狭而精的治学态度，发掘问题，以窄而深的笔触，做精密的统计，从而获得客观的结论。这，从《初集》中糜夫人《周汉祓禊演变考》与《诗经兮字研究》两篇论文可以看出。她统计三百零五篇中共有三百二十一个兮字，而李一之的卡片所得，只有二百五十六个兮字，少登记了六十五个之多，其精密与粗疏的程度极为悬殊。

更值得一提的是她为了彻底研究《诗经》叠句及其影响，自《诗经》、诗、词、曲以迄于近代流行歌曲中，找出各种叠句形式，比较研究写成十二万字的《诗词曲叠句欣赏》一书，为叠句研究开辟了新天地。

他们又根据朱传本与孔疏本，将《诗经》各句的字数做成"《诗经》字句统计表"，较美国汉学家金守拙教授的统计尤为精确。其他如"《诗经》章句数统计表""《诗经》各篇章数统计表"

等，都极为细密。

五、精辟的论述

糜先生的研究，着眼于基本问题，《初集》中的论文《诗经的基本形式及其变化》，精密地探讨了《诗经》的形式，其结语云："《诗经》是四言诗的代表，四字成句，四句成章，叠咏三章，然后乐成。"他认为《诗经》无论用词、造句与章法，都趋向连绵性的形式，所以他又称《诗经》形式的特质是连绵体。

现在，《续集》中《诗经》研究全是历史性的论文，偏重于历代儒学与《诗经》的考察，自孔子、孟子、荀子，以迄汉代，所收论文六篇，《论语与诗经》《孟子与诗经》，就《论语》《孟子》两书中有关《诗经》的文字全部辑录起来，将孔子、孟子和《诗经》的关系一一考察，做扼要而精辟的论述。这样依照时代先后考察下去，一一指陈其演变，直考察到汉代齐诗学中阴阳家的色彩。汉代的考察还只开其端。至于上溯到孔子以前，因糜夫人的《春秋与诗经》以文长未辑人，难窥全豹，令人有"书当快意读易尽"之憾。幸《孔子删诗问题的论辩》一文，自司马迁《史记》的《孔子世家》叙起，中经唐、宋、明、清各代学者的论辩，直叙到现代学者的主张，最后以己意加以论断，见解精辟，可以补偿读者之不足。

六、一点意见

糜氏伉俪的《诗经》欣赏是着重在文学兴趣而避免长诗的困人。在《初集》中所介绍的，《大雅·生民》已算长诗，最长的只有《豳风·七月》一篇，那是全《诗经》中第五长诗。而这次《续集》，却一下子介绍了三首长诗，即全《诗经》的第一长诗《鲁颂·閟宫》，第二长诗《大雅·抑》，第六长诗《小雅·正月》。把"大雅"、"小雅"与三"颂"的最长诗一口气都介绍出来，我认为还是太多了。应当循序渐进，速度不宜太快，以免国学根基较浅的读者，或将因噎废食。

《初集》中注释，已接受读者的提议，加用注音符号。但注音符号还是用得不多，现在《续集》中注音符号用得更少。许多难字的读音，将令读者自己去查字典，将来三集如能注意到这点，所有难字的注释均兼用注音符号，那就更为完善了。有人提议注音采用国际音标，但国际音标现在还不普遍，我认为以暂时不采用为宜。

糜氏参考方玉润的《诗经原始》，略去标韵，增加今译，是高明的措施。有人认为略去标韵则《诗经》欣赏便显得不很完备。不知《诗经》的上古音，不能像唐诗的中古音一样标韵，因为研究上古音是一种专门的学问，到现在上古音还不能整理得一清二楚，所以《诗经》还无法有正确的标韵。如果仍像清儒般用中古音为《诗经》标韵，则仍是不准确的。

总之，糜氏伉俪撰写的《诗经》研究，是科学方法的产品。而《诗经》欣赏，则是一种综合的艺术，须有多方面的才能与经验。撰写时偶未兼顾周至，或不免有欹轻欹重之偏。我提出的意见只是求全的责备，不足为病。他俩合译《泰戈尔诗集》，前后费时十年。现在《诗经欣赏与研究》初续两集，已花了他俩七年的时间。这次《续集》的成功，我们应该为他俩也为学术界庆贺。我还要预祝他俩继续撰写三集、四集，完成全部三百零五篇的欣赏与研究，那将是学术界更好的消息了。